JEAN-PHILIPPE BLONDEL

Ein Winter in Paris

GOLDMANN
Lesen erleben

Buch

Als junger Mann lässt Victor die Provinz hinter sich, um an einem renommierten Lycée in Paris zu studieren. Der Leistungsdruck ist groß, und Victor fühlt sich einsam. Einzig mit Mathieu, einem schüchternen Jungen aus dem Kurs unter ihm, raucht er hin und wieder eine Zigarette. Als Mathieu in den Tod springt, verändert sich für Victor alles. Plötzlich interessieren sich seine Kommilitonen für ihn, den einzigen Freund des Opfers, und langsam entwickelt er zu Mathieus Vater eine Beziehung, wie er sie zu seinen eigenen Eltern nie hatte …

»Jean-Philippe Blondel schreibt Romane von großer psychologischer Tiefenschärfe.«
Hamburger Abendblatt

»Ein sensibles und zartes Buch.«
Livres Hebdo

Weitere Informationen zu Jean-Philippe Blondel sowie zu lieferbaren Titeln des Autors finden Sie am Ende des Buches.

Jean-Philippe Blondel

Ein Winter in Paris

Roman

Aus dem Französischen
von Anne Braun

GOLDMANN

Die französische Originalausgabe erschien 2015 unter dem Titel »Un hiver à Paris« bei Buchet Chastel, Paris.

Sollte diese Publikation Links auf Webseiten Dritter enthalten, so übernehmen wir für deren Inhalte keine Haftung, da wir uns diese nicht zu eigen machen, sondern lediglich auf deren Stand zum Zeitpunkt der Erstveröffentlichung verweisen.

FSC
www.fsc.org
MIX
Papier aus verantwortungsvollen Quellen
FSC® C014496

Verlagsgruppe Random House FSC® N001967

1. Auflage
Taschenbuchausgabe November 2019
Wilhelm Goldmann Verlag, München,
in der Verlagsgruppe Random House GmbH,
Neumarkter Str. 28, 81673 München
Lizenzausgabe mit Genehmigung des Paul Zsolnay Verlages, Wien

Umschlaggestaltung: UNO Werbeagentur, München nach einer Gestaltung von Anzinger und Rasp, München
Umschlagmotiv: © Gabrielle Revere
KS · Herstellung: kw
Druck und Bindung: GGP Media GmbH, Pößneck
Printed in Germany
ISBN: 978-3-442-48984-8
www.goldmann-verlag.de

Besuchen Sie den Goldmann Verlag im Netz

Für Franck Gouet.

Für M. D. für einen Abend in Metz.

Für Jean-Marc L., Vincent T., Isabelle K., Valérie P., Fred P., Philippe H., Benoît M., Fabrice L., Matthieu D., Élénore R. und Éva I.-L., die mich beim Schreiben dieses Romans begleitet haben.

Für meine Frau und meine Töchter, immer.

Und für Pascale Gautier natürlich.

Am späten Nachmittag kamen wir aus den Ferien zurück. Acht Stunden mit dem Auto von Capbreton. Es war ganz schön viel Verkehr. Die dritte Augustwoche ging zu Ende. In wenigen Tagen würde der Alltag wieder Einzug halten: Beginn eines neuen Schuljahres, Lehrerkonferenz, neue Stundenpläne, neue Klassenlisten. Dieses Jahr kommt meine Älteste in das Gymnasium, an dem ich seit über zwanzig Jahren unterrichte. Sie wird mir also fortan öfter mal auf dem Gang über den Weg laufen. Ich hatte darum gebeten, sie in keiner meiner Klassen zu haben – ich habe keine Lust, mein Privatleben mit dem Beruflichen zu vermischen.

Das Wetter war schön. Die Sonne war noch warm, aber nicht mehr so heiß wie in der ersten Augusthälfte. Die Abende wurden schon kühler. Die Stadt, in der ich – abgesehen von den beiden Studienjahren in Paris – zeitlebens gewohnt hatte, belebte sich wieder. Die Fußgängerzonen waren voller Menschen.

Sobald ich alles ausgepackt und die Wäsche sortiert hatte, warf ich einen Blick auf meine E-Mails. Nichts Wichtiges unter den gut zweihundert Mails, die während meiner zweiwöchigen Abwesenheit eingetroffen waren. Als ich den Computer wieder ausschaltete, fiel mir ein, dass wir den Briefkasten noch nicht geleert hatten. Diese unbedeutende Tätigkeit, die ewig lange meine Tage getaktet hatte, war fast überflüssig geworden. Rechnungen bekam man elektronisch, wichtige Ereignisse erfuhr man ebenfalls online. Das Wesentliche war immateriell geworden. Im Briefkasten fand ich, unter den zu dieser Jahreszeit üblichen Werbeprospekten, zwei oder drei Postkarten von Freunden, die mir bereits in den sozialen Netzwerken geschrieben hatten, eine Einladung zu einem literarischen Salon, zu dem ich aber nicht gehen würde, weil es zu weit weg war, und dann noch einen weiteren dieser Briefe, wie ich sie manchmal bekomme, adressiert an meinen Verlag, der sie dann immer an mich weiterleitet. Ich habe den Brief nicht sofort geöffnet, ich wusste, dass ich Zeit brauchen würde, um diese Zeilen zu überfliegen und mir gleichzeitig bereits eine Antwort zurechtzulegen, die sowohl freundlich als auch so distanziert sein musste, dass der Absender nicht auf die Idee käme, einen ausufernden Briefwechsel mit mir anzufangen, sich gleichzeitig aber auch nicht brüskiert fühlte. Das ist eine Kunst, die manche meiner Schriftstellerkollegen perfekt beherrschen, was ich von mir allerdings nicht behaupten kann.

Es war bereits kurz nach 22 Uhr, als ich endlich die Zeit fand, diesen Brief zu lesen. Ich war nicht so konzentriert, wie ich es mir gewünscht hätte. Im Geiste spazierte ich noch an den Stränden von Les Landes entlang, die ich erst am Morgen verlassen hatte und von denen ich mich im Laufe der letzten Jahre immer schwerer trennte, sodass meine Frau und ich uns inzwischen ernsthaft überlegten, eine Versetzung in den Südwesten zu beantragen, um dort unsere letzten Berufsjahre zu verbringen.

Mir fiel sofort auf, dass die Schrift etwas zittrig war – ungeachtet der mustergültig geschriebenen Buchstaben – und dann auch der Zeilenabstand. Aha, eine ältere Person. Darauf hätte ich gewettet. Es waren zwei vollgeschriebene Blätter. Der Absenderort ließ mich zusammenzucken. Der

Ort lag gerade mal eine Autostunde von dem Urlaubsort entfernt, von dem ich gerade zurückgekehrt war. Der Name eines Dorfes – Biscarrosse-Plage – löste einen Malstrom an Bildern in mir aus, die sich so rasch abspulten, dass ich nur die Farben mitbekam, den blass-orangefarbenen Sand, die weißen Schaumkronen und die hellgrünen Fensterläden eines Hauses. Der Name vor allem, über der Adresse. Dieser Name wühlte mich so auf, dass ich es nicht schaffte, sofort mit dem Lesen anzufangen. Ich setzte mich an den Küchentisch. Ich stützte beide Hände auf die Holzplatte und holte ein paarmal tief Luft, wie kurz bevor man sich in eine besonders bedrohliche Welle stürzt. Da liebe ich den Atlantik nun schon so lange – doch es ist mir nie gelungen, ihn wirklich zu zähmen. Unmittelbar bevor ich mich hineinstürze, ist immer noch eine gewisse Angst da. Was, wenn mich die Welle umwirft? Und wenn ich keine Luft mehr bekomme?

Als ich nun, mit den Handflächen auf den Tisch gestützt, in der Küche saß, war mir ganz ähnlich zumute.

Lieber Schriftsteller,

gestern Abend habe ich Ihr letztes Buch zu Ende gelesen und möchte Ihnen nun endlich schreiben. Ich hoffe, Sie nehmen es mir nicht allzu übel. Ich weiß nicht, ob Sie sich noch an mich erinnern – doch jetzt, während ich diese Worte schreibe, glaube ich insgeheim, dass Sie es tun. Ich bin sogar davon überzeugt. Wir haben uns nur kurz gekannt, und das vor langer Zeit. Einige Jahre vor dem Zeitraum, den Sie in Ihrem Buch beschreiben. Ich bin Patrick Lestaing.

Ich habe nicht weitergelesen. Ich habe mein Spiegelbild im Küchenfenster angestarrt. Ich hätte erwartet, dass sich mein Blick verschleiert. Aber nein. Ich lächelte. Ich sah mich lächeln. Es war der Anfang des zweiten Jahrzehnts des 21. Jahrhunderts. Ich war am Leben. Patrick Lestaing ebenfalls. Und er erinnerte sich noch an mich.

Wir halten wesentlich mehr aus, als wir immer denken.

Lieber Schriftsteller,

gestern Abend habe ich Ihr letztes Buch zu Ende gelesen und möchte Ihnen nun endlich schreiben. Ich hoffe, Sie nehmen es mir nicht allzu übel. Ich weiß nicht, ob Sie sich noch an mich erinnern – doch jetzt, während ich diese Worte schreibe, glaube ich insgeheim, dass Sie es tun. Ich bin sogar davon überzeugt. Wir haben uns nur kurz gekannt, und das vor langer Zeit. Einige Jahre vor dem Zeitraum, den Sie in Ihrem Buch beschreiben. Ich bin Patrick Lestaing.

Während der ganzen Lektüre Ihres Romans (falls es sich um einen Roman handelt) musste ich an Mathieu denken. Das ist nicht weiter verwunderlich: Ich denke täglich an ihn. Dabei ist es sehr lange her, dass ich seinen Vornamen zuletzt geschrieben habe, wissen Sie. Das letzte Mal war vor vier Jahren, für irgendwelche offiziellen Schriftstücke. Ich sollte es öfter tun. Ich habe das Gefühl, dass ihn das Schreiben festhält. Etwas, was ihn festhält, das wäre schön.

Ich rede auch nicht oft über ihn. Sabine, meine Älteste, lebt jetzt in den Vereinigten Staaten, wo sie geheiratet und zwei Kinder bekommen hat. Wir sehen uns nur noch zweimal im Jahr, und dann gibt es immer so viel zu erzählen, um das vergangene Halbjahr aufzuholen, dass wir die Vergangenheit ruhen lassen. Wir sind dann ganz in der Gegenwart, und Sabine ist vor allem in der Zukunft.

Ich muss Ihnen zu meinem Bedauern mitteilen, dass meine erste Frau vor über zehn Jahren an Brustkrebs verstorben ist. Ich glaube, Sie haben sich einmal mit ihr getroffen. Ich habe erneut geheiratet, Anfang der neunziger Jahre, doch dieses Abenteuer endete noch im selben Jahrzehnt. Danach hatte ich einige Affären mit frustrierten Frauen in den Sechzigern, doch es hat nie lange gedauert, und heute lebe ich allein und bin endlich glücklich.

Ich wundere mich jeden Tag von neuem, dass ich mit 75 Jahren noch lebe. Nicht nur das, ich bin auch noch recht selbständig und kann noch hier wohnen, in diesem Dorf, in dem Sie einmal waren (ich hoffe, Sie erinnern sich noch daran!). Noch halte ich durch und weigere mich, in ein Heim für betreutes Wohnen zu ziehen. Ich bete, dass ich irgendwann ohne Vorwarnung an einem Herzinfarkt oder einem Aneurysma sterbe. Es geht mir gut, doch wie alle alten Menschen werde ich schnell müde, und meine Sehkraft hat stark nachgelassen.

Doch das hindert mich nicht daran, noch viel zu lesen. Ausschließlich Romane. Sachbücher über den Zustand unseres Planeten oder über wirtschaftliche Themen interessieren mich nicht mehr. Sie betreffen mich nicht mehr. Doch Romane … die sind unser Herzblut, nicht wahr? Wir haben irgendwann über Romane gesprochen, damals vor dreißig Jahren, stimmt's? Ich glaube mich zu erinnern, dass Sie mir erzählt haben, dass Sie schreiben, aber ich habe wohl nicht darauf geachtet. Ich habe Ihnen nicht wirklich zugehört. Heute bedauere ich das. Daher nun dieser Brief. Um die Lücken zu schließen.

Damals hat jeder in meiner Umgebung geschrieben. Sie, Ihre Klassenkameraden, Ihre Lehrer … und Mathieu. Es war wie eine Krankheit. Ich lese manchmal noch die Romananfänge und Novellen, die Mathieu in diese speziellen Hefte geschrieben hat, Sie wissen schon, die mit den sehr weit auseinanderliegenden Linien, angelsächsischer Art.

Meine Recherchen im Internet (ich bin kein Profi, setze mich aber täglich an den Computer) haben ergeben, dass Sie Englischlehrer geworden sind. Ich muss sagen, das hat mich überrascht, ich hätte vermutet, dass Sie französische Literatur unterrichten würden. Aber immerhin haben Sie diese Richtung mit Ihren Romanen eingeschlagen, nur auf einem anderen Weg.

Sie müssen verzeihen, dass ich Sie erst neulich entdeckt habe, mit Ihrem letzten Roman genauer gesagt. Es ist der neunte, nicht wahr? Ich habe also noch einiges nachzuholen. Ich habe bereits zwei weitere Ihrer Romane bestellt, die ersten beiden. Ich lege Wert darauf, Sie chronologisch (neu) zu entdecken. Es war – wer hätte das gedacht – das Fernsehen, das mich auf Ihre Spur gebracht hat. Wir hatten schlechtes Wetter hier an der Atlantikküste. Deshalb habe ich mich vor den Fernseher gesetzt, was ich nur selten tue. Ich habe von einem Kanal auf den anderen umgeschaltet, bis ich zu dieser Literatursendung kam, zu der Sie zusammen mit anderen Schriftstellern eingeladen waren. Meine Augen mögen zwar schlecht und Sie um einiges älter geworden sein, doch ich habe Sie sofort erkannt.

Und Ihre Stimme … Wissen Sie, ich habe schon öfter gehört, dass sich die Stimme nicht verändert, doch es war das erste Mal, dass ich es so deutlich gemerkt habe. Ich sah Sie augenblicklich wieder in diesem Café sitzen, an der Ecke des Lycée, das 747 – so hieß es doch, nicht wahr? Ich sah Sie wieder so, wie Sie damals waren, und Ihr Bild von damals schob sich vor das Gesicht, das ich nun gerade im Fernsehen sah. Ich hatte Tränen in den Augen, und das kommt nur höchst selten vor, Victor. Und es war auch damals eher die Ausnahme. Nun ja, ich bin nun mal ein nüchterner Mensch. Aber Ihre Stimme hat meinem Gedächtnis auf die Sprünge geholfen. Ich erspare es Ihnen, den Gewittersturm zu beschreiben, der in meinem Kopf ausbrach. Es genügt, wenn Sie wissen, dass ich mich am nächsten Morgen in meinen alten R5 gesetzt habe und in das fast dreißig Kilometer entfernte Arcachon gefahren bin, was für mich in letzter Zeit fast eine Meisterleistung ist. Ich fürchte, dass mehr als ein anderer Fahrer geschimpft und mich verflucht hat, als er mich über mein Lenkrad gebeugt sah. Ich bin in die Buchhandlung gegangen, in der ich mich alle drei Monate mit neuem Lesestoff eindecke. Ich habe Ihren Roman gekauft. Der Buchhändler hat gelächelt und gefragt, ob ich am Vorabend diese Sendung gesehen hätte. Ich habe genickt, bin aber nicht weiter darauf eingegangen. Ich hatte einen Kloß im Hals und wollte mir nicht anmerken lassen, wie bewegt ich war.

Als ich das Geschäft wieder verließ, merkte ich, dass meine Hände zitterten. Sie zittern immer ein wenig – merken Sie es? –, auch heute Abend, wenn ich Ihnen schreibe. Das ist merkwürdig, denn im Grunde kennen wir uns kaum. Wir sind uns in gewisser Weise fast fremd. Und doch sind wir uns andererseits ungeheuer vertraut.

Vermutlich habe ich mit keinem anderen menschlichen Wesen jemals so viel geredet wie mit Ihnen.

Ich hoffe, dass Sie diesen Brief, wenn Sie ihn zu Ende gelesen haben, nicht als lästig empfinden, und vor allem, dass er Sie bei guter Gesundheit antrifft. Falls Sie Lust haben, mich zu besuchen, zögern Sie nicht. Ich wette, dass Sie sich noch an den Weg erinnern. Ich wohne jetzt ständig in Biscarrosse (-Plage, erinnern Sie sich? Das kleine Dorf liegt zehn Kilometer landeinwärts). Ich möchte nirgendwo anders mehr leben, so sehr liebe ich den Duft der Kiefern, das Knirschen des Sands unter meinen Sohlen und das Rauschen des Atlantiks.

Ich kann Stunden damit verbringen, aufs Meer zu schauen.

Bestimmt haben Sie am Anfang des Briefes meinen Namen und meine Adresse gelesen. Wie sagen die Spanier so schön? *Mi casa es su casa*.

Mein Haus ist wirklich Ihr Haus, Victor.

Mit ganz herzlichen Grüßen
Patrick

September 1984.

Die Welt war nicht so, wie Orwell vorhergesagt hatte. Zu Beginn dieses Jahres hatte ein kleines Unternehmen namens Apple sein neues Produkt auf den Markt gebracht: den Macintosh. In New Orleans fand die Weltausstellung statt. Tschernenko wurde zum Generalsekretär der KPdSU gewählt, doch ein neuer Mann machte immer mehr von sich reden, ein Funktionär namens Michail Gorbatschow. Auf der anderen Seite des Atlantiks standen die Amerikaner kurz davor, Ronald Reagan wiederzuwählen. Auf allen Bühnen der Welt sang die englische New-Wave-Band The Police: *»Bei jedem Atemzug, den du machst, bei jedem Schritt, den du tust, werde ich dich beobachten.«* Annie Lennox und Dave Stewart skandierten als das Musik-Duo Eurythmics: *Hieraus sind süße Träume gemacht, wer bin ich, dem zu widersprechen?* Die Olympischen Sommerspiele hatten in Los Angeles stattgefunden.

Ich hatte die Segelwettkämpfe der 470er Jollen mit großem Interesse verfolgt. Zwei Franzosen haben die Bronzemedaille gewonnen – der beste Freund meines Bruders und sein Mannschaftskamerad. Später hat mein Bruder am anderen Ende Frankreichs eine Arbeit gefunden und das Segeln aufgegeben, »ein Hobby, das zu nichts Konkretem führt«, wie er verlauten ließ.

Ich hörte nur noch höchst selten von ihm. Wir waren fünf Jahre auseinander und uns eigentlich nie sehr nahegestanden. Wir trafen uns nur noch bei Geburtstagen und den obligatorischen Festen bei unseren Eltern. Wir waren beide mit unserem eigenen Leben beschäftigt. Er sah den kommenden Jahren mit Vorfreude entgegen, ich eher mit einer gewissen Besorgnis. Wir begnügten uns meist damit, uns nur Hallo zu sagen. Mit der Kommunikation hatten wir es nicht so in unserer Familie.

Ich war im zweiten Jahr der Vorbereitungsklasse des literarischen Zweigs, in der man sich auf das Auswahlverfahren für eine der elitären Écoles normales supérieures vorbereitet.

Meine Eltern hatten nichts dagegen gehabt, dass ich mich im Gymnasium für den geisteswissenschaftlichen Zweig entschied. Sie hätten aber sowieso nicht gewagt, ihre Meinung zu sagen, wo sie doch selbst nur die Volksschule besucht hatten. Sie waren natürlich etwas überrascht, da es in unserer Familie noch nie einen Geisteswissenschaftler gegeben hatte und da ihnen Dinge wie Romane, Filme, Theater sehr fremd waren. »Scrabble«, pflegte meine Mutter zu sagen, »es ist wie dieses Scrabble, das wir manchmal in den Ferien spielen«, und man wusste nie, ob in diesem Satz Bewunderung oder Groll mitschwang.

Sie waren entzückt, als ich während meiner Jahre auf dem Gymnasium regelmäßig Zeugnisse nach Hause brachte, die sie meine Wahl gutheißen ließen. Ich hatte mich offensichtlich zu Recht für diesen Zweig entschieden. Darin waren sich alle einig. Ich schlug mich hervorragend. In der Abiturklasse erklärte ich, dass ich in Paris studieren und mich erst mal für eine der Vorbereitungsklassen bewerben wolle. Sie hatten schon davon gehört, am Rande – der Sohn einer Kollegin meiner Mutter machte dort seine Vorbereitungsklasse mit Schwerpunkt Mathematik, und es gab also auch etwas Entsprechendes für geisteswissenschaftliche Fächer? »Aber wie viel wird uns das kosten?«

Mein Bruder hatte zu der Zeit zum Glück gerade seine erste unbefristete Stelle angetreten, im Südosten Frankreichs. Er stand also fortan auf eigenen Füßen. Jetzt musste er nur noch heiraten und Kinder bekommen, und meine Eltern könnten sich dazu gratulieren, ihre elterlichen Pflichten erfüllt zu haben. Sie konnten es sich also erlauben, etwas mehr in den zweiten Sohn zu investieren. Umso mehr, als der aus eigenem Antrieb alle nötigen Unterlagen zusammengetragen hatte, um in Nanterre ein Zimmer in einem Studentenwohnheim zu bekommen, und auch die Formulare ausgefüllt hatte, um sich für die Aufnahme in eine Vorbereitungsklasse zu bewerben. Ganz offensichtlich war es ihm ernst damit. Sei's drum.

Worauf es mir vor allem ankam, war, bei ihnen auszuziehen.

Das Lycée, an dem ich nach dem Abitur die beiden Vorbereitungsjahre absolvieren wollte, hatte ich ehrlich gesagt mehr zufällig ausgesucht. Mir gefielen die Fotos, die ich vom Lycée D. gesehen hatte, der Säulengang, die beiden Innenhöfe, einer hinter dem anderen, die Quadersteine, die Steintreppen und die Tatsache, dass es fast an ein Kloster erinnerte – was es im *Ancien Régime* auch gewesen war. Und das mitten in Paris. Ich hatte mich auch an Einrichtungen beworben, die weniger angesehen und etwas abgelegener waren. Denn trotz der lobenden Empfehlungen meiner Provinzlehrer hatte ich mir keine großen Chancen am elitären Lycée D. ausgerechnet.

Ich sollte recht behalten! Im Juni erfuhr ich, dass ich nur auf der Warteliste stand. Nur ein spitzenmäßiges Abschneiden bei den Abiturprüfungen konnte mich weiter nach vorn katapultieren.

Ich schaffte es! Darauf war ich mächtig stolz. Aber ich ließ mir nichts anmerken.

Kurz bevor ich nach Paris ging, habe ich mit Christine Schluss gemacht. Unsere nicht sehr stabile Beziehung hätte die räumliche Entfernung ohnehin nicht überlebt. Wer im Jahre 1984 in der Stadt bleiben wollte, in der ich aufgewachsen bin, konnte nur Jura oder BWL studieren. Dazu hatten wir beide keine Lust. Christine war sehr sportlich. Sie wollte in Straßburg studieren. Wir haben also Schluss gemacht – ohne dass einer von uns groß gelitten hätte. Die Zukunft wartete auf uns!

In meiner Heimatstadt hatte ich viele Bekannte, aber sehr wenige Freunde. Und die Freundschaften, die ich geknüpft und gepflegt hatte, haben sich während meines ersten Jahrs in Paris schnell gelockert. Die Leute, die ich gekannt hatte, waren mittlerweile über ganz Frankreich verteilt oder ins Erwerbsleben eingetreten. Uns verbanden nur noch gemeinsame Erinnerungen, die wir jedoch nicht miteinander teilen konnten, da die Kommunikationsmöglichkeiten damals noch recht beschränkt waren. Es gab nur das Festnetztelefon und die Post. Ich hätte ihnen gern geschrieben, doch ich traute mich nicht. Und was das Telefon betraf: In meinem Studentenwohnheim gab es gerade mal ein Telefon pro Etage – und das war immer belegt, entweder von in Tränen aufgelösten jungen Mädchen oder Studenten, die sich auf dem Campus verabredeten.

Das erste Jahr der zweijährigen Vorbereitungsklasse war hart gewesen. Darauf war ich in keiner Weise vorbereitet. Wie leicht drei Viertel der Studenten alles fiel, die von klein an mit Kultur gefüttert worden waren. Sie unterhielten sich über Opern oder Theaterstücke, die sie gesehen hatten, verglichen die Inszenierungen oder die Schauspieler und hatten eine dezidierte Meinung zu Filmen, von denen ich noch nie gehört hatte. Sie frequentierten die Bibliotheken Sainte-Geneviève oder Beaubourg, die sie bis in die hintersten Winkel zu kennen schienen. Bei ihren Gesprächen taten sie hochgelehrt und nickten voller Überzeugung.

Ich begriff schnell, dass mir die Zugangscodes fehlten: kulturell, sprachlich und die Kleiderordnung betreffend. Zu dem, was gut war und was nicht. Während der ersten Wochen habe ich mich redlich bemüht, sie mir anzueignen, doch sie änderten sich ständig, und ich blieb irgendwie immer außen vor. Irgendwann gab ich auf.

Ich wurde nicht zu den Feten eingeladen, die meine Kommilitonen organisierten. Ich wurde auch kaum je angesprochen. Also stürzte ich mich aufs Lernen. Ich erntete viele mitleidige Blicke, vonseiten der Lehrer als auch meiner Kommilitonen. Alle dachten, ich würde über kurz oder lang das Handtuch werfen – zu viel Arbeit, zu magere Resultate, zu große Einsamkeit. Man gab mir keine große Chance.

Und doch gab ich den Lehrern Rätsel auf. Verglichen mit dem Klassendurchschnitt waren meine Noten durchaus passabel, doch ganz offensichtlich fehlte mir das Feuer, der Funke Genialität, auf den sie so wild waren, denn von ihm hing ab, ob jemand nach den zwei Vorbereitungsjahren zu dem berühmt-berüchtigten *Concours*, der Aufnahmeprüfung an einer Grande École, zugelassen wurde, mit dem sie uns dauernd in den Ohren lagen – aber natürlich nur, wenn der oder die Betreffende überhaupt so gut war, dass er oder sie nach dem ersten Jahr ein Feld vorrücken durfte und in die zweite Klasse versetzt wurde – was in meinem Fall eher unwahrscheinlich war, schließlich waren die Plätze an diesem angesehenen Lycée sehr begehrt. Gerade mal ein Dutzend Auserwählte durften nach dem ersten Jahr weitermachen und auf die andere Seite des Korridors wechseln, wo sie sich mit zirka fünfzehn Wiederholern (denen man gewisse Chancen einräumte, zu dem berüchtigten *Concours* zugelassen zu werden, den nur die wenigsten gleich im ersten Anlauf packten) sowie etwa zehn Studenten, die von noch renommierteren Lycées als dem D. geflogen waren, wiederfanden.

Bei der Notenkonferenz nach dem ersten Semester wurde ich als »Tagelöhner« eingestuft. »Aber«, merkte mein Geschichtslehrer an, »es gibt Tagelöhner, die es dank enormem Fleiß schaffen, das große Los zu ziehen, das dürfen wir nicht vergessen.« Seine Kollegin vom Fach Philosophie bezweifelte es – doch sie gab zu, dass es auf jeden Fall ein paar Kaltblüter im ersten Jahr geben musste, damit man die Rassepferde besser erkannte.

Ans Aufgeben habe ich keine Sekunde gedacht.

Hätte ich aber können.

Meine Eltern waren zu weit weg von der Welt, in der ich mich bewegte, und ihnen ging es nur darum, dass ich eines Tages meine *Licence* bekam, und vor allem – das war das Allerwichtigste – den *Concours* bei der Nationalen Schulbehörde bestehen und als Lehrer eingestellt werden würde, was mir einen sicheren Arbeitsplatz und ein anständiges Gehalt garantierte. Dann hätten sie beiden Söhnen einen guten Start ins Leben ermöglicht und bei deren Erziehung alles richtig gemacht.

Aber bis dahin enthielten sie sich jedes Urteils. Mein erstes Halbjahreszeugnis hatte sie erschreckt, doch ich zuckte nur mit den Schultern und deutete auf das Kästchen mit dem Klassendurchschnitt, was sie wieder beruhigte. Und sie sahen, wie viel ich arbeitete, an den wenigen Wochenenden, an denen ich zu Hause war, oder in den Ferien. Sie ließen mich in Ruhe. »Er macht seine Sache ganz gut«, ließen sie die Nachbarn wissen, »und das ist das Wichtigste.«

Meine Noten haben sich leicht verbessert, während sich die meiner meisten Mitstreiter verschlechterten. Mein soziales Leben verhielt sich genau umgekehrt proportional dazu. Manchmal redete ich ganze Tage lang kein Wort außer mit Kellnern in Cafés oder Bäckereiverkäuferinnen. Es kam mir so vor, als sei ich unsichtbar geworden, und dieses Gefühl hatte ich auch, wenn ich bei meinen Eltern war. Sie hatten zu ihren Gewohnheiten als kinderloses Ehepaar zurückgefunden, und ich hatte permanent das Gefühl, sie zu stören. Es war im Übrigen nicht nur ein Gefühl. Mit meinen Büchern, meinen Latein- und Griechischbüchern, meinen wachsenden Stapeln mit Karteikärtchen machte ich ihnen fast Angst. Sie erkannten mich kaum noch wieder. Manchmal fragten sie mich, ob ich nicht ausgehen und alte Freunde wiedersehen wolle. Seufzend zog ich mir dann eine Jacke oder meinen Mantel an und schlenderte durch die Straßen dieser Stadt, die mir genauso fremd geworden war wie Paris.

Ich fühlte mich permanent im Übergang. In einem Zug, der mich von der Champagne in die Hauptstadt brachte. In einer Pariser S-Bahn, die mich vom Stadtzentrum zum Studentenwohnheim in Nanterre brachte. Das galt auch für die Übersetzung eines Textes, die mich von einer toten zu einer lebenden Sprache führte. In einem gefühlsmäßigen *No Man's Land*, was aber nicht mal schmerzlich war. Die Gerüchte des Jahres, die politischen Umwälzungen, die Kinoerfolge, die musikalischen Hits bekam ich nur am Rande mit.

Zur Überraschung vieler erfuhr ich im Mai, dass ich zu dem Dutzend Studenten gehörte, die in die nächste Klasse versetzt wurden. Ich war auf Platz zwölf. Derjenige, auf den niemand auch nur einen Sou gewettet hätte, außer vielleicht Clauzet, mein Französischlehrer, der seine Studenten gern demütigte – es machte ihm einen Heidenspaß, wie bei Pferderennen auf Außenseiter zu setzen. Es gab Tränen, Heulen und Zähneknirschen, Aufrufe zum Aufstand und Appelle an die Gerechtigkeit, doch die Lehrer hatten eine unschlagbare Waffe: Wir hatten alle einen Test-*Concours* schreiben müssen, in allen Fächern, und ob wir zum zweiten Jahr zugelassen wurden, hing davon ab, wie wir da abgeschnitten hatten. Es gab zwölf freie Plätze. Keinen mehr und keinen weniger. Paul Rialto war der Beste, wie alle vorhergesagt hatten. Ich war der Zwölfte. Punkt.

Als ich die Ergebnisse der Notenkonferenz erfuhr, habe ich jedoch keinen Freudensprung gemacht. Schließlich bedeutete das nur, dass ich ein weiteres Jahr an diesem Lycée, an dem ich ein Niemand war, ignoriert werden würde. Die einzig echte Überraschung dieses Tages war, dass Paul Rialto mich zum ersten Mal grüßte. Mit etwas Glück würde ich im zweiten Jahr vielleicht sogar ein paar Worte mit meinen Kommilitonen wechseln.

Zwei Tage nach Semesterende begann ich in dem großen Supermarkt zu arbeiten, in dem meine Mutter jede Woche einkaufte, immer am Dienstagmorgen. Das Angebot meiner Eltern, mit ihnen für zwei Wochen nach Saint-Gilles-Croix-de-Vie ins Feriendorf der französischen Staatsbahn zu fahren, hatte ich dankend abgelehnt.

Den ganzen Sommer über weigerte ich mich, über meine soziale und emotionale Lage nachzudenken. Ich entlud Lkws, rauchte mit den Lieferanten eine Zigarette, füllte Regale auf, feierte die Geburtstage von Mitarbeitern, deren Sohn ich hätte sein können, saß an der Kasse, und da ich Student und somit gebildet war, durfte ich sogar die Lautsprecherdurchsagen machen.

Ich führte ein komplett anderes Leben. Und ein anderes Leben ist immer gut. Es erlaubt einem, abzutauchen und erst dann wieder zum alten zurückzukehren, wenn man gründlich nachgedacht hat.

Am 31. August lief mein Vertrag aus. Am Ende dieses Nachmittags bekam ich von den Mitarbeitern einen Walkman. Sie hatten alle zusammengelegt und auch Kassetten mit ihren Lieblingsliedern für mich aufgenommen. Ich war gerührter, als ich mir anmerken lassen wollte. Schließlich bewies dieses Geschenk, dass sie mich mochten. Dass man mich mögen konnte. Dass ich ein netter Mensch war. Wir haben Apfelwein getrunken und Apfelkuchen gegessen, der am nächsten Tag sowieso abgelaufen wäre.

Am 1. September kehrte ich in mein Zimmer im Studentenwohnheim zurück. Ich hängte die drei Poster auf, die schon im Vorjahr meine Wände geschmückt hatten: vom Album *War* der irischen Gruppe U2, dann ein Schwarzweißfoto von Marcel Proust und eine amerikanische Wüstenlandschaft. Mit dem Geld, das ich im Supermarkt verdient hatte, kaufte ich mir einen kleinen Kühlschrank. Ein Jahr lang hatte ich die Butter und andere Milchprodukte vors Fenster gehängt, und damit wollte ich nicht mehr anfangen. Ich stürzte mich erneut auf die Lektüre der vielen Bände über die Neue Geschichte des zeitgenössischen Frankreichs und auf die Gesamtausgabe von Shakespeares Werken. In zwei Wochen würde die zweite Vorbereitungsklasse beginnen. Ich rechnete nicht damit, dass meine Kommilitonen ihre Haltung mir gegenüber ändern würden. Ich konnte es kaum erwarten, etwas älter zu sein, dreiundzwanzig oder vierundzwanzig; ein Alter, in dem die wesentlichen Entscheidungen getroffen waren, quasi von selbst – und ich etwas klarer sehen würde. Wenn ich verstehen würde, warum ich für ein weiteres Jahr in die Höhle des Löwen zurückgekehrt war.

Es war Mitte Oktober. Vor einem Monat hatten die Kurse wieder angefangen. Die ersten Noten hagelten auf uns herab, in meinem Fall waren sie etwas erfreulicher als im vorigen Jahr. Draußen wurde es feuchter, und die Farben wurden blasser. In wenigen Tagen würde ich neunzehn werden. Ich hatte meine Eltern am Telefon angeschwindelt. Ich hatte ihnen erzählt, ich könne an diesem Wochenende nicht nach Hause kommen, weil ich ein paar Freunde zu meinem Geburtstag eingeladen hätte und wir eine Riesenfete machen wollten. Ich hatte das Lächeln meiner Mutter am anderen Ende der Leitung gehört. Sie war erleichtert. Endlich hat er Freunde. Das ist gut. Sein Glück geht uns über alles. Sie trocknet sich die Hände an ihrer Schürze ab, betrachtet sich im Spiegel. Sie fragt sich, ob sie sich eine Antifaltencreme kaufen soll. Schließlich würde ihr Jüngster bald neunzehn werden. Sie klebt eine Briefmarke auf den Brief, den sie mir schicken wird. Eine schlichte hellblaue Karte, auf der mit Goldbuchstaben »Herzlichen Glückwunsch zum Geburtstag« steht. Dazu ein Scheck. Sie hat schon vor Jahren damit aufgehört, Geschenke für mich auszusuchen.

Ich hatte an dem besagten Wochenende nichts vor – aber keine Sekunde daran gedacht, meinen Geburtstag mit meinen Eltern zu feiern. Ich hatte keine Lust auf ihre distanzierte Fürsorglichkeit. Auf ihre Besorgnis, die mir nur vor Augen führen würde, dass ich ein Außenseiter war. Auf ihr Mitleid. Davon bekam ich wahrlich schon genug, Tag für Tag, im Unterricht. Aber eigentlich konnte ich mich nicht beklagen. Es war bei weitem nicht mit dem letzten Jahr vergleichbar. Ich wurde sogar oft gegrüßt. Das ging bis hin zu einem Lächeln oder ein paar banalen Sätzen über den immensen Lehrstoff oder die Hausarbeiten, die wir bald schreiben mussten.

Seit einiger Zeit rauchte ich am Ende der Mittagspause immer eine Zigarette, mit einem der Studenten der ersten Klasse. Er hieß Mathieu, war ein Jahr jünger als ich und kam aus Blois, einer Stadt an der Loire, zwischen Orléans und Tours gelegen. Es war das erste Mal, dass er von zu Hause weg war, und er fühlte sich entwurzelt, umso mehr, als er sich bisher für einen brillanten Schüler gehalten hatte, hier in Paris aber vom ersten Tag an feststellen musste, dass er in intellektueller und kultureller Hinsicht ein kleines Licht war. Er vermisste seine Freunde. Und auch seine Eltern. Sie hatten sich kürzlich getrennt. Alles war anders geworden. Er erinnerte mich an mich, wie ich im Vorjahr gewesen war. Er seufzte. Er wollte Tipps von mir haben. Ich konnte ihm keine brauchbaren Antworten geben. Ich gab ihm zu verstehen, dass ich vermutlich kein Maßstab für soziale Integration war. Nach kurzem Schweigen versuchte ich ihn damit zu trösten, dass er sich nach einer Weile sicher hier einleben würde. Denn im Grunde gewöhnt man sich an alles. Er nickte, wirkte aber nicht sehr überzeugt. Schweigend zogen wir an unseren schwarzen John Player Special. Das hat uns einander anfangs nähergebracht. Unsere Zigarettenmarke. Manchmal braucht es nicht viel.

Ich fragte mich, ob wir irgendwann zusammen ausgehen würden – um ordentlich zu saufen und uns nebenbei mal so richtig auszukotzen. Wir könnten eine kleine Gruppe bilden.

Ein Zweiergespann, das alle anziehen würde, die sich in dieser kleinen, elitären, abgeschlossenen Welt abgelehnt fühlten. Ich war davon überzeugt, dass es mehr von ihnen gab, als man meinen könnte. Beim Einschlafen stellte ich mir vor, wir wären Kastor und Pollux – und die anderen würden uns fasziniert folgen. Das half mir zwar beim Einschlafen, doch ich glaubte nicht wirklich daran. Ich dachte mir, dass er früher oder später das Handtuch werfen, nach Blois zurückkehren und sich für eine ganz andere Zukunft entscheiden würde. Schon nach kurzer Zeit hätte er alles hier vergessen. Es gab so viele andere Möglichkeiten.

Am 14. Oktober fasste ich einen Entschluss. Der Gedanke, meinen Geburtstag einsam und allein zu verbringen, schreckte mich mehr, als ich mir eingestehen wollte. Deshalb wollte ich Mathieu fragen, ob er mit mir essen gehen würde, in das Restaurant in der Nähe des Lycée. Ein Koreaner. Ich hatte noch nie koreanisch gegessen. Für meine Eltern war italienisch schon exotisch genug. Ich würde ihn einladen. Genau, das würde ich mit meinem Lohn vom Supermarkt tun – an meinem Geburtstag einen draufmachen.

Als ich mir das vornahm, lag ich noch in meinem Bett im Studentenwohnheim in Nanterre. Es war schon hell. Der Wecker hatte geklingelt, doch ich hatte nicht reagiert. Immerhin hatte ich bereits die Augen offen, und damit würde mein kleiner Aufstand beginnen: Heute würde ich zum ersten Mal nach mehr als einem Jahr zu spät kommen. An diesem Tag würde ich nur eine Stunde Englisch über mich ergehen lassen, keine zwei. Und in der Pause würde ich Mathieu abfangen.

Die Räume der ersten und der zweiten Klasse lagen gegenüber, links und rechts im zweiten Stock eines freistehenden Gebäudes, das ein Stück weit in den Hof und die Säulenhalle hineinragte. Im Erdgeschoss war eine imposante Bibliothek untergebracht, die gleichzeitig als Studiensaal für die Studenten des literarischen Zweigs fungierte. Die Verwaltung befand sich im ersten Stockwerk. Immer wenn die Glocke ertönte, um zehn und um sechzehn Uhr, trafen sich die Studenten beider Klassen im Treppenhaus, doch es kam nicht zu Kontakten. Mathieu und ich, wir wären die Ersten. Mit uns würde sich alles ändern.

Ich nahm wie jeden Morgen den Vorortzug, doch statt mich abzuhetzen, nachdem ich am Bahnhof Saint-Lazare angekommen war, ging ich frühstücken, im Café 747, das unweit des Lycée lag. Ich setzte mich an einen kleinen Tisch am Fenster. Das Wetter war herrlich, ein richtig schöner *Indian Summer.* Ich beobachtete die Passanten. Sie hatten es eilig, brachten ihre Kinder zur Schule oder mussten zur Metro. Ich sagte mir, dass ich später auf gar keinen Fall hier leben wollte. Ich brauchte Langsamkeit. Und auch eine Umgebung, in der ich mich sicher fühlte. Hier in Paris gab es immer mehr Türen mit Zahlencode. Um eine einfache Haustür zu öffnen, musste man eine lange Abfolge von Zahlen und Buchstaben eintippen. Man konnte seine Freunde nicht mehr spontan besuchen. Was mich aber nicht weiter störte. Ich hatte ja sowieso keine.

Kurz nach neun kam ich endlich im D. an. Ich hatte noch schnell eine Entschuldigung auf ein Blatt geschrieben – dass ich am Wochenende in der Provinz gewesen und erst heute Morgen zurückgefahren sei, doch dann habe der Sechs-Uhr-Zug eine Panne gehabt – das Schöne an der

SNCF ist, dass sie jeder Lüge mehr Gewicht und Glaubwürdigkeit verleiht. Ich betrat das Klassenzimmer nach der ersten Stunde. Englisch. Madame Sauge empfing mich mit einem Stirnrunzeln und einer ungeduldigen Handbewegung. Sie wies mir den einzigen noch freien Platz zu, gleich vor ihrem Pult. Ich schmunzelte. Ich wusste, warum dieser Platz frei war: Madame Sauge war bekannt für ihre feuchte Aussprache, sodass sie dem oder der armen Unglücklichen, der oder die zufällig vor ihr saß, ständig winzige, englisch klingende Partikel ins Gesicht schleuderte. Heute würde es also mich treffen.

Madame Sauge reichte mir den Text des Tages, während sie der Klasse weiterhin Fragen stellte. Es ging um die Beschreibung der Küche des Gutshofs Wuthering Heights im Roman *Sturmhöhe*. Um alles, was die perspektivische Sicht enthüllte: versteckte und unterdrückte Gefühle, unterschwellige Gewalt, das sich entwickelnde Drama. Ich überflog meine Fotokopie, während Madame Sauge mit der rauen Stimme einer temperamentvollen rothaarigen Raucherin den Erzählstil erläuterte.

Ich hatte noch nicht zu Ende gelesen, als draußen vor der Tür etwas zu hören war.

Im Zimmer gegenüber wurde die Tür zugeknallt. Jemand war wutentbrannt auf den Gang hinausgerannt. Das kam manchmal vor. Wenn eine Note noch schlechter war als sonst. Nach einer verletzenden Bemerkung. Der berühmte Tropfen, der das Fass zum Überlaufen gebracht hatte. Madame Sauge zog irritiert die Augenbrauen hoch, als jemand »Idiot« rief, mit einer Stimme, die beinahe überschnappte. Einer der Studenten aus der Ersten rebellierte. Unnötig zu erwähnen, dass er damit sein Todesurteil unterzeichnete: Auch wenn er später angekrochen käme, würde er nie mehr ins Allerheiligste vorgelassen werden.

Einige Sekunden lang war alles still. Fünf. Zehn vielleicht. Die Aggressivität löste sich auf. Zurück blieben nur in der Luft schwebende elektrische Teilchen. Ich konnte weiterlesen. Den Satz zu Ende lesen. In Emily Brontës Küche zurückkehren.

Plötzlich ein Beben. Das Geräusch von Holz, an dem gerüttelt oder auf das geschlagen wird. Madame Sauge verstummte mitten im Satz. Ich hob den Kopf und starrte zur Tür, links von ihrem Pult. Ich hatte gerade noch die Zeit zu denken, dass eventuell jemand etwas tun müsste. Da durchschnitt auch schon ein Schrei die Worte, die sich in meinem Kopf bildeten.

Ein Schrei.

Kurz.

Durchdringend.

Ein dumpfer Knall.

Wir saßen alle kerzengerade da, wie Salzsäulen. Mit weit aufgerissenen Augen. Halboffenem Mund. Dann plötzlich Schweiß im Nacken. Wir begriffen sofort. Wir hatten alle begriffen, noch bevor ein zweiter Schrei ertönte, diesmal von der Bibliothekarin aus dem Erdgeschoss, die aus ihrem Refugium gerannt war, um zu sehen, wer es wagte, so einen Radau zu machen.

Jemand war gesprungen.

Mit einem Satz war ich auf den Beinen, mir wurde schwindlig, ich durchlebte die letzten dreißig Sekunden erneut, ersetzte die Stellen, an denen nichts zu hören gewesen war, durch Bilder. Ich stürzte zur Tür, obwohl eine entsetzte Madame Sauge mich davon abhalten wollte. Zwei Mädchen, Armelle und Anne, kamen aus ihrer Französischstunde im Raum gegenüber gelaufen. Wir drei standen im Treppenhaus. Sie waren kreidebleich. Unten schrie die Bibliothekarin wie am Spieß. In den Büros im ersten Stock war das Scharren von Stuhlbeinen zu hören, das Knacken von Parkett, Körper, die sich in Bewegung setzten.

Armelle, Anne und ich.

Der Blick, den wir uns zuwarfen.

Und bevor die Lehrer herbeigelaufen waren oder die Leute von der Verwaltung uns daran hätten hindern können, warfen wir einen Blick über das Geländer.

Er lag auf der Seite, reglos. Neben ihm war die Bibliothekarin an der Wand entlang auf den Boden gesunken, saß da und kreischte hysterisch. Armelle schrie »Mathieu!« Anne wurde ohnmächtig. Und noch bevor ich wusste, was mich gepackt hatte, rannte ich auch schon die Treppen hinunter.

Hinter mir die Sauge, der Rektor, sein Stellvertreter, die Sekretärin, der Verwaltungsdirektor und als Schlusslicht Clauzet, der in der ersten Klasse französische Literatur unterrichtete. Die Sauge brüllte. Sie befahl mir, wieder nach oben zu gehen, auf der Stelle, der Anblick sei nichts für mich. Weder für mich noch für sonst jemanden. Ich drehte mich um. Ich starrte sie zwei Sekunden lang an. Dann sagte ich, ich sei auch dabei gewesen, als mein Cousin bei einem Motorradunfall gestorben ist – frei erfunden, denn ich habe nur Cousinen –, aber immerhin war sie dann still. Auf jeden Fall waren wir alle unten, ich auf der untersten Stufe, nur wenige Zentimeter von der Bibliothekarin entfernt, die anderen auf der zweiten, dritten, vierten Stufe. Eine Parade. Die Uhren waren stehengeblieben. Zehn Sekunden stummer Faszination. Und in meinem Kopf explodierte der Satz: »So ist es also, wenn jemand springt.«

Der stellvertretende Schulleiter tauchte als Erster wieder aus unserem geistigen Packeis auf. Heiser bellte er Befehle. Verteilte die Rollen. Man dürfe den Körper nicht anrühren. Der Krankenwagen würde gleich kommen, man habe ihn bereits angefordert. Die Lehrer sollten wieder nach oben in ihre Klassenräume gehen und ihre Studenten bis auf Weiteres in Schach halten, der Rektor würde hier auf die Sanitäter warten, die Sekretärin sich um Madame Breton, die Bibliothekarin, kümmern und sie ins Krankenzimmer bringen. Die Sauge befahl mir erneut, ins Klassenzimmer zurückzugehen. Der Rektor griff ein.

»Zu spät, Madame Sauge, er ist bereits hier. Soll er bleiben. Er kann den Eingang bewachen und darf keinen hereinlassen. Ich gebe Ihnen nur einen Rat, junger Mann: Drehen Sie sich um. Ich will nicht, dass Sie zusehen, vor allem, wenn die Sanitäter kommen. Was nicht mehr lange dauern dürfte.«

Ich gehorchte seinen Anweisungen. Ich ging an dem Körper vorbei. Dann noch ein paar Schritte. Ich versperrte den Eingang zum Gebäude. Ich erinnere mich noch heute an sehr viele Details. Es war kühl, aber sonnig. Auf dem Hof hatte jemand einen Werbeprospekt fallen lassen, der die baldige Eröffnung einer Videothek ankündigte. Es gebe Mengenrabatt. Holen Sie Ihr Glück ab. In der Fußgängerzone hinter dem Lycée krakeelte ein Obdachloser herum.

In dem Viereck von blauem Himmel, oberhalb der Säulenhalle, ein Flugzeug. Ich erinnere mich, dass ich mich fragte, wohin es wohl flog. Und wohin ich gehen würde. Auf direktem Weg. Um dieser Hölle hier zu entkommen.

Der Rektor stellte sich zu mir. Gemeinsam hielten wir am Eingang Wache. Starrten auf einen Punkt vor uns. Er fragte leise:

»Sie kannten ihn?«

»Ja.«

»Sein Name?«

»Mathieu. Mathieu Lestaing.«

»Ist er in Ihrer Klasse?«

»Nein, in der ersten.«

»Und er hatte Unterricht bei …?«

»Bei mir.«

Clauzet hatte geantwortet, mit derselben schneidenden Stimme wie sonst. Madame Sauge ging wieder nach oben, stolperte auf manchen Stufen. Der stellvertretende Schulleiter beugte sich über den Körper. Die Sekretärin hatte sich mit Madame Breton in die Bibliothek zurückgezogen. Clauzet dagegen wirkte unerschütterlich. Ich dachte mir: Sogar hier, sogar jetzt, und ein unbestimmtes Gefühl übermannte mich – etwas wie blanker Hass, das mit Sicherheit, aber auch eine Art Respekt. Vor dem Monster. Der Bestie im Zirkus. Ich war gewiss nicht stolz darauf, so zu empfinden. Verachtung wäre mir lieber gewesen. Ja, vor allem Verachtung. Schließlich war das Clauzets große Spezialität.

Clauzet war eines der schlimmsten Exemplare von Lehrern, die ich jemals getroffen hatte. Arrogant bis zum Gehtnichtmehr, obwohl er nichts weiter als ein paar kurze Artikel in unbedeutenden akademischen Schriften veröffentlicht hatte, und sein großer Traum beschränkte sich darauf, eines Tages eventuell ein Bändchen in der Reihe »Was weiß ich?« über den Klassizismus schreiben zu dürfen – ein Projekt, von dem er ständig redete. Überzeugt davon, dass er die neue Weltelite unterrichtete, die nichtsdestotrotz wie x-beliebige Studenten einer Vorbereitungsklasse behandelt werden mussten, sogar eher noch wie Gymnasiasten: mit demonstrativer Herablassung und gelegentlich maximal einer Silbe der Anerkennung oder der Ermutigung, quasi wie Brotkrumen, die man Tauben hinwirft. Er war berühmt-berüchtigt für seine verletzenden Kommentare und originellen verbalen Klatschen, die seine Opfer kreuzigten. Gegenüber Gleichaltrigen – Leuten Anfang, Mitte vierzig – wäre das vielleicht amüsant gewesen. Aber er hatte es mit jungen, oft sensiblen Schülern zu tun. Jungen Menschen ihren Bildungsmangel vorzuwerfen ist nichts anderes als eine extreme Form von Selbstverachtung.

Wenn er Arbeiten zurückgab, lief er zur Hochform auf. Gleich zu Beginn hatte er uns wissen lassen, dass er eine große Schwäche hätte – er sei ein Schlemmer. Wenn er als Kind von seiner Mutter Brot und Schokolade bekam, hätte er sich nie beherrschen können und immer zuerst die Schokoladenstückchen verschlungen, bevor er – mit einem Seufzer der Reue und der Wut – auch das Brot aufaß, die trockene und wenig schmackhafte Scheibe, die dem Gaumen keine Befriedigung verschaffte. Und das habe sich leider nicht geändert. Er gab die Aufgaben also immer in absteigender Reihenfolge zurück, zuerst die guten, die Schokoladenstückchen, auch wenn deren Anzahl mager war und man mit Leistungen wie unseren wahrlich nicht Gefahr lief, zu dick zu werden, und ging anschließend nach unten, zu den vertrockneten, verschrumpelten, faden Brotscheiben.

Seine Verbalattacken machten mir persönlich nichts aus. Schlimmer fand ich es, wenn sie gegen einen meiner Sitznachbarn oder eine Sitznachbarin gerichtet waren. Es gibt nichts Schlimmeres, als miterleben zu müssen, wie jemand fertiggemacht wird, während man selbst danebensitzt und nicht einschreiten kann, zur Ohnmacht verdammt ist. In dieser Situation war ich im ersten Jahr oft genug gewesen. Einmal baute er sich mit einem grausamen Lächeln auf den Lippen vor Lucie Bouesne auf. Als er ihr eine Arbeit zurückgab, fragte er süffisant, ob sie eigentlich Ausländerin sei, denn anders könne er sich ihre unglaublichen Schwierigkeiten im schriftlichen Ausdruck nicht erklären. Es sei vielleicht an der Zeit, fügte er in einem vor Ironie triefenden Ton hinzu, sich von der Hoffnung auf eine akademische Karriere zu verabschieden und sich auf ihre wahren Talente zu besinnen – »Nähen, Kochen und was weiß ich, all diese Dinge, die Frauen Ihrer Art, den Kammerzofen des Intellekts, nun mal liegen.«

Maßlos überzogen.

In Clauzets Stunden folgte eine sadistische verbale Ohrfeige auf die nächste. Für ihn gab es offenbar nichts Schöneres, als die körperlichen Reaktionen der Schüler zu beobachten, wenn sie kreidebleich wurden oder erröteten, mit den Tränen kämpften oder gar losheulten, zu zittern begannen. Er war sehr stolz darauf, wie gut er seine Klasse im Griff hatte und wie ruhig es während seiner Stunden war, was bewies, wie effizient seine Methode war.

Wenn ich meine Arbeiten zurückbekam, sah Clauzet mich normalerweise mit einem Stirnrunzeln an und fragte: »Ach, Sie sind immer noch da?« oder »Meinen Sie, Sie schaffen den *Concours* irgendwann? Na ja, vielleicht in dreißig, vierzig Jahren ...« Er ging immer sehr verschwenderisch mit dem Rotstift um und schrieb Unmengen von mörderischen Kommentaren an den Rand, eine Mischung aus Ironie, Beinahe-Beleidigungen und persönlichen Angriffen. Einige seiner Opfer brachen mitten im Unterricht zusammen, andere – wie Lucie Bouesne – kapitulierten, was Clauzet mit »den (oder die) wären wir los« kommentierte, da die Vorbereitungsklassen in seinen Augen ohnehin der Selektion im Darwin'schen Sinne dienten. Nur die Besten, die Auserwählten hielten durch – sowie zwei oder drei einigermaßen interessante Individuen, die entweder besonders zäh oder gegen Sarkasmus immun waren.

Clauzet wurde von allen gehasst, und auch viele seiner Kollegen konnten seinem Humor verständlicherweise nichts abgewinnen – doch mir fiel auf, dass keiner der anderen Lehrer seine Methoden direkt oder indirekt in Frage gestellt hätte und dass auch keiner versuchte, den Schmerz zu lindern, wenn manche Schüler kreidebleich und am Boden zerstört aus den Französischstunden kamen. Im Grunde ihres Herzens glaubten auch sie an die natürliche Selektion und waren froh, dass ihnen jemand die Drecksarbeit abnahm und sie sich nicht selbst die Hände schmutzig machen mussten. Sie mussten den Nagel anschließend nur noch sanft und freundlich ein bisschen tiefer hineinschlagen. Indem sie den Betroffenen ruhig und sachlich zu verstehen gaben, dass »diese Umgebung, in der mit harten Bandagen gekämpft wird, vielleicht doch nichts für Sie ist«. Oder lässig und mit einem nachsichtigen Lächeln sagten: »Wissen Sie, es gibt im Leben ja noch andere Möglichkeiten, vielleicht ist ein anderer Studiengang, in dem Sie sich besser entfalten können, geeigneter für Sie.«

An mir aber prallten Clauzets Worte ab.

Ich war unberührbar, doch das wusste er nicht. Ich hatte so gut wie nichts mit den anderen Schülern zu tun und war folglich auch keinem Konkurrenzdruck ausgesetzt. Meine Familie verfolgte mein Studium nur von weitem, mit einer respektvollen Ehrfurcht – und solange ich nicht jammerte und nicht wiederholen musste, sahen meine Eltern keinen Grund, nachzufragen. Ich war ihnen keine Rechenschaft schuldig, umso mehr, als ich vernünftig und sparsam war und zu meinem Unterhalt teilweise beitrug, indem ich während der Sommerferien zwei Monate lang gearbeitet hatte. Zu meinen alten Freunden vom Gymnasium hatte ich praktisch keinen Kontakt mehr. Ich war keinerlei Druck ausgesetzt, weder vonseiten von Freunden, einer festen Freundin noch von den Eltern. Ich war ein freies Elektron.

Folglich konnte ich es mir erlauben, bei Clauzets Bemerkungen zu grinsen – einmal erdreistete ich mich sogar, schallend zu lachen, weil einer seiner Sprüche besonders geistreich war. Ich stellte ihn mir als Darsteller in einem Boulevardstück oder als Radiosprecher vor. Mir war bewusst, welche Rolle er an dieser Schule spielte. Damals war ich sehr empfänglich für die Komödien, die sich um mich herum abspielten – all diese Gesichter, dieses Gekünstelte, das Theatralische bei meinen Mitschülern, bei unseren Lehrern, in der Metro, auf der Straße, in der Stadt. Ich beobachtete die Maskeraden. Was blieb mir auch anderes übrig? Ich gehörte schließlich keiner Gruppe an.

Meine Reaktionen irritierten Clauzet, auch wenn er versuchte, es sich nicht anmerken zu lassen. Er kam einfach nicht dahinter, ob ich ein ausgemachter Dummkopf, ein Provinzler zudem, irrtümlich hier gelandet, oder ein Schlitzohr war. An dem Tag, als ich ihm ins Gesicht lachte, war er wirklich überrascht, enthielt sich aber jedes Kommentars. Ab diesem Tag gehörte ich für ihn in eine andere Kategorie. Ich gehörte fortan zur Gruppe der Überlegenen – zur Gattung der Durchtriebenen, der Schlauen, der Giftschlangen, die sich als harmlose Nattern tarnten und vor denen man sich in Acht nehmen musste. Auf einen Schlag wurde ich beinahe interessant. In der ersten Vorbereitungsklasse entsprachen meine Noten fast dem Durchschnitt – keine schlechte Leistung. Clauzet bedachte mich mit einem »vielleicht ist er doch nicht so dumm und beschränkt, wie es scheint« – und Paul Rialto hob den Kopf, um zu sehen, wer sich diesen lobenden Kommentar verdient hatte. Ich vermutete sogar, dass Clauzet einer meiner Fürsprecher gewesen war, als es um die Aufnahme in die zweite Klasse ging. Er unterrichtete zwar nur in der ersten, doch ich traf ihn jeden Morgen auf der Treppe und grüßte ihn höflich. Er würdigte mich nie eines Wortes, aber immerhin weiteten sich seine Augen fast unmerklich zum Zeichen seiner Anerkennung.

Mir wurde nach und nach klar, dass ich später auch unterrichten wollte. Etwas weitergeben. Nicht nur Wissen, sondern auch den Schlüssel zum Verständnis der Welt und der sozialen und kulturellen Verhaltensregeln, die es einem erlaubten, sich an jede bereits existierende Gruppe anzupassen und sich zu integrieren. Wenn ich meinen zukünftigen Schülern etwas wünschte, dann das, dass sie sich nie in der Situation wiederfanden, in der ich mich seit über einem Jahr befand. Ich würde alles tun, um das zu verhindern.

Jeden Morgen, wenn ich Clauzet grüßte, grinste ich innerlich und sagte mir, dass er mein abschreckendes Beispiel war. Das, was ich nicht werden wollte. Es ist immer ganz spannend, einen ausgemachten Vollidioten in seinem künstlichen Lebensraum zu beobachten. Ich glaube nicht, dass ihm klar war, was mir durch den Kopf ging, wenn ich ihn schüchtern anlächelte. Er dachte sicher, ich sei sehr viel dankbarer. Und voller Bewunderung.

Wir wirbelten beide herum, der Rektor und ich, als Clauzet »Ich« rief. Ich sah ihm in die Augen, an diesem Morgen des 14. Oktober. Zum ersten Mal habe ich den Blick nicht gesenkt. Er war sehr bemüht, die Fassung zu bewahren, doch ein nervöser Tick, den ich nicht an ihm kannte, ließ seine linke Wange zucken. Er war sprachlos. Stocksteif stand er auf der vierten Treppenstufe. Die anderen waren bereits wieder nach oben gegangen. Ich hörte die Stimme der Sauge, so schrill, dass einem die Ohren wehtaten, die allen, die sich oben im Treppenhaus versammelt hatten, zurief: »Gehen Sie in Ihre Klassenzimmer zurück, der Unterricht fällt fürs Erste aus, aber Sie müssen noch bleiben. Der Rettungsdienst wird jeden Moment eintreffen. Gehen Sie in Ihre Klassenzimmer zurück, und bitte keine Fragen.«

Fragen waren jedoch da, auch in meinen Pupillen, die sich in Clauzets Augen bohrten – die Angst hatte schlagartig das Lager gewechselt. Er und ich, wir dachten beide an die Konsequenzen. Strafanzeigen der Familien. Gerede.

Befragungen. Die Schulbehörde würde sich einschalten, das Rektorat, die Schüler, die zu Zeugen geworden waren, der Lehrer würde angeklagt werden. Und ich, in der ersten Reihe, würde vor Gericht an der Schranke stehen und als Beweise sämtliche Nägel liefern, die Clauzet in die Hände seiner Schäflein einschlug, Tag für Tag. Welche Genugtuung!

An Mathieu dachte ich nicht.

Noch nicht.

Mir schwirrte der Kopf. Farben tanzten um mich herum. Zurückgehaltene Schluchzer, erstickte Stimmen, Dinge, die zu tun waren. Clauzet setzte sich über die Anweisungen der Sauge hinweg. Er fühlte sich nicht in der Lage, den Studenten gegenüberzutreten, die auf dem Korridor geblieben waren. Er kam die letzten Stufen herunter, stieß mich zur Seite und trat hinaus auf den Hof. Von dort ging er weiter zum Portal und verschwand auf der Straße. Der Rektor tat nichts, um ihn aufzuhalten – trotz des großen Risikos, dass Clauzet sich eventuell für immer entziehen würde. Kündigung. Erhängen. Nervenzusammenbruch. Er war ein Notfall – doch der wahre Notfall war nicht *er*.

Ich drehte mich wieder so, dass ich der Szene, die sich vor einigen Minuten abgespielt hatte, den Rücken zuwandte. Wieder blickte ich in den Himmel. Zu den weißen Wolken in dem blauen Viereck – zu diesem herbstlichen Licht, das Kontraste abschwächt. Ich dachte an Bilder von Turner und Gainsborough. Bald darauf erfüllten Sirenen die Luft. Ich schaute nach unten. In der vorigen Woche hatte ich mir weiße Schuhe gekauft. Die waren gerade modern. Sie waren teuer gewesen. Nach diesem Kauf und dem Restaurantbesuch, zu dem ich Mathieu einladen wollte, wäre ich fast pleite gewesen. Ich hätte vermutlich für mehrere Wochen auf Kinobesuche verzichten müssen. Und mir bis Weihnachten keine Bücher mehr kaufen können. Doch das war unwichtig. Manchmal sind Schuhe und der Beginn einer neuen Freundschaft wichtiger als Filme und Bücher.

Ich stand da, die Beine leicht gespreizt.

Zwischen meinen Füßen sah ich zwei dünne Blutspuren aus Mathieus Körper fließen, an meinen neuen weißen Schuhen vorbei. Die Blutspuren mäanderten. Sie versuchten zu flüchten.

Erst in diesem Moment begriff ich, dass Mathieu tot war.

Draußen war Donnerstag.

Frauen, die es eilig hatten, kamen mit Einkaufstaschen aus den großen Geschäften auf dem Boulevard Haussmann, Männer in Anzügen aus ihren Büros. Teenager mit Rucksäcken unterhielten sich lachend.

Ich lehnte mich an die Mauer am Eingang des Lycée. Es war früher Nachmittag. Zum ersten Mal an diesem Tag schloss ich die Augen. Die Sonne in meinem Gesicht. Unter meinen Lidern Rot und Grün, kabbalistische Zeichen. Ich konzentrierte mich auf meinen Atem. Auf alle Teile meines Körpers, die sich weiteten, wenn ich einatmete. Ich wanderte im Geiste durch meinen Körper: Haare, Stirn, Ohren, Augen, Nase, Mund, Hals, Schultern, Arme, Hände, Oberkörper, Penis, Schenkel, Waden, Knöchel, Füße. Alles noch da. Ein Ganzes. Heil und ganz.

Der Rettungsdienst war sehr schnell gekommen. Diesmal wurde ich gebeten, hinauszugehen. Der Rektor schob mich mit sanftem Druck auf den Hof und klopfte mir auf die Schulter. Dabei sagte er leise, ich müsse bald mal mit ihm über das alles reden – und *das alles* umfasste den Sprung, Clauzet, die Sauge, das Schulgebäude, das Schulsystem, Frankreich, das Universum.

Ich war wie betäubt. Das irritierte mich. Ich sagte mir, dass ich normalerweise doch weinen müsste, zittern, schreien – aber nein, es war, als ginge ich über watteweiche Flächen, Wolkenteppiche. Ich war nur etwas empfänglicher für die ungewöhnliche Wärme dieses Oktobers.

Für den Rest der Woche wurden wir vom Unterricht suspendiert. Wir waren frei. Ein unerwartetes, langes Wochenende. Und doch war keiner der Schüler der Vorbereitungsklassen imstande, den näheren Umkreis des Lycée zu verlassen. Ich schlug die Augen wieder auf. Die anderen standen in Grüppchen auf dem Bürgersteig und auf den angrenzenden Straßen.

Paul Rialto löste sich aus einer dieser Gruppen. Er war einer der absoluten Lehrerlieblinge. Von ihm wurden am Tag des *Concours* Wunder erwartet. Man sah ihn bereits als herausragenden Professor, der Essay um Essay publizierte und eine steile internationale Universitätskarriere machen würde. Als Sohn eines italoamerikanischen Vaters und einer frankohispanischen Mutter war er perfekt viersprachig. Er war größer als der Durchschnitt. Anzüge – seine Uniform – standen ihm hervorragend, doch seine verwaschenen blauen Augen und seine schmalen Lippen ließen ihn aussehen, als würde er permanent in höheren Regionen schweben und geistig abwesend sein, was vielleicht sein anhaltendes Zölibat erklärte. Es sei denn, er wäre zu sehr mit dem Lernen beschäftigt. Oder er würde sich erst mit dieser Frage beschäftigen, wenn er den *Concours* bestanden hatte. Oder er wollte Seminarist werden. Paul Rialto hätte auch in den zwanziger oder fünfziger Jahren geboren worden sein können, er wäre immer noch Paul Rialto gewesen. Es gibt Typologien von Schülern in den Vorbereitungsklassen, die die Zeit überdauern. Auf den alten Schwarzweißfotos, die die wenigen freien Wände der Bibliothek des Lycée D. zierten und die vorhergehenden Jahrgänge zeigten, gab es immer einen oder zwei Paul Rialtos. Sie waren leicht identifizierbar, an ihrer abgehobenen Art und dem leicht verlorenen Blick.

Rialto mochte zwar keine sexuellen Abenteuer haben, doch das hinderte ihn nicht daran, ein wesentlich aufregenderes soziales Leben zu führen als ich. Er schien ständig von einem Pulk von fünf bis sechs Leuten umgeben zu sein, die an seinen Lippen hingen und auf Ratschläge und Kommentare warteten, um an diesen Perlen der Weisheit zu reifen und den ganzen Tag darüber nachzugrübeln. Im Mai, nach den Ergebnissen der Notenkonferenz, hatte er sich zum ersten Mal dazu herabgelassen, mich zu grüßen. Seither nickte er mir hin und wieder zu, wenn wir uns trafen – mehr nicht.

Er kam zu mir und lehnte sich neben mir an die Mauer des Lycée D. Ich bewegte mich kein Jota. Die Welt stand Kopf. Mathieu war gesprungen. Mich konnte nichts mehr erschüttern. Er murmelte: »Wie grauenhaft«, und dem gab es nichts hinzuzufügen. Vor uns Einkaufstaschen, Pumps, Strümpfe, Kleider, Blousons, Westen. Ich spürte in mich hinein. Es war, als sei ich von dichtem Nebel umgeben. Das war nicht unangenehm, doch die Unruhe sickerte trotzdem durch, weil ich spürte, dass sich unter diesen Wolken, die von der Erde aufgestiegen waren, eine brackige Fläche ausdehnte. Ein Sumpf. Treibsand. Früher oder später würde ich verschluckt werden. Hin und wieder sah ich ganz deutlich Mathieus Hand mit einer brennenden Zigarette vor mir, einer John Player Special. Es gelang mir nicht, sie mit dem Rest seines Körpers zu verbinden, den Blutfäden und der hysterisch schreienden Bibliothekarin. Mir fehlte ein Puzzleteilchen.

Ich dachte, Paul Rialto würde schnell wieder das Interesse an mir verlieren. Ich begriff nicht, was er von mir wollte. Er hatte keine Zeit zu verlieren, Paul. Er musste zu seinen Hausarbeiten zurückkehren, seinen Karteikarten, seinen stichhaltigen Kommentaren, die unsere Lehrer in Begeisterung versetzten. Clauzet hatte sich noch nie mit ihm angelegt. Hätte er gar nicht gewagt. Er brüstete sich damit, dass er ein Genie erkannte, wenn er eines vor sich hatte.

»Wie geht es dir?«

Ich war baff. Paul Rialto redete mit mir und schien sich ernsthaft für meinen Gemütszustand zu interessieren. Ich zuckte mit den Schultern. Was hätte ich auf seine Frage schon antworten können?

»Hohl … wie in einem Nebel. Ich kann es nicht anders ausdrücken.«

»Verständlich.«

»Mhmm.«

»Du hättest nicht runterlaufen sollen.«

»Ich habe nicht groß nachgedacht.«

»Wart ihr euch sehr nahe?«

»Ich …«

»Du musst nicht darauf antworten.«

»Wir haben zusammen geraucht. Und uns unterhalten.«

»Ja, das haben wir alle gesehen.«

»Ah. Ich dachte, dass … Aber das ist unwichtig. Wenn es wichtig gewesen wäre, wäre er nicht gesprungen.«

»Du musst dir keine Vorwürfe machen.«

Ich wollte sagen, dass ich das auch nicht tat, doch ich hielt mich zurück. Denn dass Paul Rialto bei mir stand und dass uns seine Anhänger von der anderen Straßenseite aus so nervös beobachteten, konnte nur bedeuten, dass sie dachten, Mathieu und ich seien Freunde gewesen, wie mir plötzlich klar wurde. Sie dachten, ich stünde unter Schock. Und wäre drauf und dran, mich vor ein Auto zu werfen oder in die Seine zu springen.

Mit einem Mal existierte ich für sie. Ich war »Mathieus Freund«. Das Opfer des Opfers. Eine interessante Rolle. Ich musste weder leugnen noch lügen. Es genügte, wenn ich schwieg und meine Zukunftspläne in die Vergangenheit verlegte. Ja, wir hätten begonnen, uns anzufreunden. Ja, ich war hier in Paris derjenige, der ihm an nächsten gestanden hatte.

Und das traf vermutlich sogar zu.

Rialto seufzte und sagte dann, im Moment hätte keiner Lust, direkt nach Hause zu gehen und sich über die Bücher zu setzen, das wäre zu seltsam gewesen und ein Mangel an Respekt Mathieu gegenüber. Er und seine Clique wollten in ein Café gehen, nur ein paar Straßen von hier, ein ruhiges Lokal mit einer Innenhofterrasse, ob ich nicht mitkommen wolle?

Ich nahm das Angebot an. Schweigend gingen wir zum Abricotiers – eine Bar, in einer Sackgasse gelegen, die mir noch nie aufgefallen war. Gedämpfte Atmosphäre. Dezente Hintergrundmusik – Stan Getz. Wir durchquerten den Gastraum und setzten uns in den Innenhof, wo wir vor fremden Blicken geschützt waren. Paul und die anderen schienen hier bekannt zu sein – der Wirt empfing sie mit einem breiten Lächeln. Mich dagegen musterte er mit leicht zusammengekniffenen Augen. Ich war ein neues Glied in der Kette, er musste mich wiedererkennen und einordnen können, wenn ich wiederkam.

Ich ließ mich betrachten – und absorbieren. Paul wollte, dass ich mich neben ihn setzte, links von ihm. Ich musste nichts sagen, alle hatten Verständnis für mein Schweigen. Das Tischgespräch drehte sich natürlich um das, was Mathieu getan hatte. Darum, wie die Lehrer reagieren würden, seine Familie. Um die Unterbrechung des Unterrichts. Ich spürte, dass sich die meisten der Anwesenden besorgt fragten, ob sich jetzt etwas ändern würde. Denn das durfte nicht sein, auf gar keinen Fall durfte sich etwas ändern. Es war nur ein unseliger Unfall gewesen. Kein Grund, etwas in Frage zu stellen. Denn was sollte sonst aus ihnen werden – ohne die gewiss harten und oft fürchterlichen, aber auch äußerst nützlichen Vorbereitungsklassen, die dazu führten, dass eine ansehnliche Anzahl von Schülern des Lycée D. zum *Concours* zugelassen wurde? Die Sache mit Mathieu Lestaing war tragisch, ganz klar. Aber die Opferung eines Einzelnen durfte nicht die Zukunft des ganzen Stamms in Gefahr bringen. Im Gegenteil. Man musste jetzt doppelt so hart arbeiten, um zu beweisen, dass man den Schock überwunden hatte, der uns vielleicht sogar noch stärker gemacht hatte. Ich betrachtete sie alle, einen nach dem anderen. Die steif dasitzenden Mädchen mit ihren Haarreifen und Pferdeschwänzen, die Hände um ihre Tee- oder Kakaobecher geschlungen. Karikaturen. Die Jungs, keinen Deut besser. In ihren geschniegelten Sakkos, mit einem seidenen

Einstecktuch, einer Krawatte, diesen makellosen Hemden – und Schuppen auf den Schultern.

Ihr hohles Gerede war keinen Pfifferling wert.

Paul Rialto. Ja, Paul Rialto war vielleicht anders. Er runzelte ab und zu die Augenbrauen, rieb sich die Nasenflügel, strich über seinen gepflegten Dreitagebart. Paul Rialto ging es nicht gut. Mir ehrlich gesagt auch nicht. Seit ich mich hingesetzt hatte, stiegen Bilder in mir hoch, wie ein Brechreiz. Die roten Blutfäden zwischen meinen weißen Schuhen. Ich war davon überzeugt, Mathieus getrocknetes Blut an meinen Sohlen zu haben. Die Bibliothekarin mit ihrem Nervenzusammenbruch. Der letzte Satz des Textauszugs von Emily Brontë, für immer gekoppelt an diesen Schrei im Treppenhaus. Meine Aufregung an diesem Morgen bei der Vorstellung, Mathieu an meinem Geburtstag zum Essen einzuladen. Meine Verspätung. Wenn ich pünktlich in der Schule gewesen wäre und ihn am Fuß der Treppe getroffen hätte – hätte das irgendetwas verhindert?

»Ich wollte ihn heute zu meinem Geburtstag einladen.«

Alle Köpfe drehten sich mir zu. Draußen auf dem Boulevard, auf der anderen Seite, fuhr ein Krankenwagen vorbei. Nicht in Richtung des Lycée. Im Lycée wurde kein Krankenwagen gebraucht. Irgendein anderer verlor gerade irgendwo sein Leben.

Ich spürte, dass ich rot anlief. Ich senkte den Kopf. Paul Rialto erkundigte sich leise, wann denn mein Geburtstag wäre. Ich sagte »übermorgen« und sprang dann so ungestüm auf, dass ich an die Tischkante stieß. Ich habe mich entschuldigt, gestammelt, dass ich mich nicht sehr wohlfühle und dringend an die frische Luft müsse, es sei wirklich nett, dass sie mich gefragt hätten, mitzukommen, es tue mir leid, wirklich, sehr leid.

Auf dem Boulevard habe ich die Geräusche und Farben in mich aufgesaugt. Ich war orientierungslos. Ich bog in eine Straße ein, dann in noch eine. Normalerweise hätten wir um diese Zeit Geschichte gehabt. Ich erinnerte mich nicht mal daran, welche Epoche wir gerade durchnahmen. Gesprächsfetzen von Passanten drangen an mein Ohr. Nichts ergab einen Sinn. Sie wussten von nichts. Sie hatten kein getrocknetes Blut an ihren Schuhsohlen. Sie erlebten andere Dramen.

Irgendwann merkte ich, dass ich in der Rue Réaumur war. Ich ging weiter. Nach fast einer Stunde ziellosen Herumirrens stand ich vor dem Gare de l'Est. In dreißig Minuten würde ein Zug in meine Heimatstadt fahren. Ich hatte kein Gepäck bei mir. Aber meinen Ausweis, meine Bahncard und mein Scheckheft, das mir meine Bank freundlicherweise offerierte, als ich ein Konto eröffnet hatte, und etwas Bargeld hatte ich immer bei mir. All das, was ich nicht in meinem Zimmer im Studentenwohnheim lassen konnte – nur auf eigenes Risiko und auf eigene Gefahr, die Türen ließen sich leicht aufbrechen, manche hatten mehrere Schlösser angebracht, andere, wie ich, schreckten Einbrecher durch demonstrativ zur Schau getragene Besitzlosigkeit ab.

Unter dem Glasdach des Bahnhofs, in einer für Mitte Oktober erstaunlichen Hitze, wurden meine Muskeln und meine Gedanken von Erschöpfung übermannt.

Mit einem tiefen Seufzer der Erleichterung nahm ich zur Kenntnis, dass der Zug die Hauptstadt verließ.

Und ich war gesund und wohlauf.

Gut, vielleicht nicht gerade wohlauf, aber immerhin noch am Leben.

Eine seltsame Zugfahrt, so ganz ohne Gepäck. Ohne schmutzige Wäsche, ohne Toilettenbeutel, ohne Karteikarten, ohne Ringordner. Und ohne Bücher vor allem. Ich wusste nicht, womit ich mich beschäftigen sollte. Also machte ich im Geiste Listen. Ich lernte jede auswendig, da ich weder Papier noch einen Stift hatte, um sie aufzuschreiben.

Die erste betraf Orte, die ich sehen wollte, bevor ich starb. Zuerst die Hauptstädte: London, New York, Berlin, Madrid. Dann auch Vancouver, denn allein schon der Name versprach Zuflucht und Abenteuer – und weil es der Titel eines Schlagers war, den die Nachbarin meiner Eltern vor einigen Jahren ununterbrochen geträllert hatte. Es muss im Sommer 1974 oder 75 gewesen sein. Jeden Morgen, noch mit geschlossenen Augen, bekam ich zu hören, wie schwierig es sei, eine Entscheidung fürs Leben zu treffen. Die Sängerin sang von ihrem großen Traum, ihrem größten Wunsch. Ich begriff es nicht ganz, doch es war süß und salzig. Und so stellte ich mir Vancouver auch vor: süß und salzig. Ich wünschte mir auch, mir Neuseeland anzuschauen, weil es am anderen Ende der Welt lag, und dort unten war vielleicht alles möglich, ich könnte mir eine neue Identität zulegen und ein ganz neues Leben beginnen.

Als Nächstes erstellte ich eine Liste der Dinge, die ich tun wollte. Romane schreiben. Das vor allem. Davon hatte ich bisher noch niemandem erzählt, auch nicht den Menschen, die mir nahestanden. Christine hatte es nicht gewusst. Meine Eltern und mein Bruder auch nicht. Ich wollte nicht jemand sein, mit dem später alle Mitleid haben, weil er sich für einen Schriftsteller hält, obwohl keines seiner Manuskripte jemals angenommen wird. Ein Versager, mit dem niemand tauschen möchte. Ich ließ keinerlei Ehrgeiz erkennen. Es gab für mich nur eine Methode: mich bedeckt zu halten. Zuerst wollte ich Lehrer werden, dann erst – ja, das wäre die richtige Reihenfolge. Der krönende Abschluss meines Studiums in den Augen der Familie. Außerdem war ich mir sicher, dass es mir Spaß machen würde. Dann viel reisen. Hier deckte sich meine zweite Liste mit der ersten. Ich wurde in eine statische Familie hineingeboren. Meine Eltern waren nie weiter als bis nach Tournai in Belgien gekommen, wo irgendwelche entfernte Verwandte wohnten, und sie hatten Angst vor allem, was anders war: Essen, Sprache, Kultur. Ich dagegen träumte nur davon, mich davon zu lösen und neue Wege zu gehen, dem Beispiel der Schriftsteller der *Beat Generation* zu folgen, die Madame Sauge so vehement ablehnte, dass sie sie nicht mal als Schriftsteller bezeichnete. Einmal hatten wir im Unterricht darüber gesprochen. Sie hatte abschätzig das Gesicht verzogen. Und mit spitzen Lippen schließlich eingeräumt, dass einige Gedichte von Allen Ginsberg vielleicht nicht schlecht seien, und gesagt: »In dreißig Jahren wird kein Mensch mehr über diese Leute reden.«

Dann die Liste der Menschen, die ich wiedersehen wollte. Gesichter, Namen zogen an der Fensterscheibe des Zugs vorbei. Alte Kumpels und Mädchen, mit denen ich intensive Momente erlebt hatte, und in die ich manchmal für Stunden oder auch Wochen verliebt gewesen war. Wieso hatte ich nichts dagegen getan, dass die Beziehungen zu meinem Freundeskreis aus der Provinz eingeschlafen waren? Wie konnte es sein, dass sich diese Bande so schnell in Luft aufgelöst hatten? Ich nahm mir vor, einige dieser Kontakte wiederaufleben zu lassen.

Der Zug kam in meiner Heimatstadt an. Ich war seit über einem Monat nicht mehr hier gewesen. Als ich meinen Fuß auf den Bahnsteig setzte, musste ich unwillkürlich lächeln. Hier konnte mir nichts passieren, hier war ich in Sicherheit. Hier bestand kein Risiko, dass ich über ein Geländer ins Leere sprang.

Ich ging die Avenue 14 Juillet hinunter. Zwanzig Minuten Fußmarsch bis zu dem Haus, in dem meine Eltern wohnten. Die Sonne stand schon tief. Die erste Nacht der Erde ohne Mathieu Lestaing. Und mein Geburtstag, übermorgen.

Meinen Eltern gegenüber musste ich mir eine Ausrede einfallen lassen. Sie fielen aus allen Wolken. Mein unerwarteter Besuch, ohne Gepäck, zwei Tage vor meinem Geburtstag. Verstörte Fragen und Antworten, die ihre Verwirrung nur noch vergrößerten. In ihrem Bekanntenkreis gab es keine Selbstmorde. Und falls es doch mal einen Zweifel gab, griff man zur einfachsten Erklärung: Zufall, verschwiegene Krankheit, Anfall von Wahnsinn. Denn sich das Leben zu nehmen lag nicht in der Natur der Dinge. Die ledige, kinderlose Tante eines Jugendfreunds hatte zum Beispiel blitzschnell das Lenkrad ihres Wagens herumgerissen und war auf der anderen Straßenseite gegen einen Baum gekracht. Es gab mehrere Vermutungen – eine plötzliche Windböe, ein Flimmern vor den Augen, eine kurzzeitige geistige Verwirrung, doch dass es eine Verzweiflungstat gewesen sein könnte, wurde keine Sekunde erwähnt. So ein Unsinn. Diejenigen, die das »nicht Wiedergutzumachende« taten, waren Menschen, die keinen anderen Ausweg mehr sahen, denen die Angst vor der Schande, die auf ewig an ihrem Namen haften würde, egal war, oder Patienten mit Krebs im Endstadium, das ja, das sei verständlich, da konnte ein Suizid auch eine Form von Euthanasie sein.

Meine Mutter lief in der Küche hin und her. Nicht nur, dass es eine dramatische Nachricht war, auch wenn man den jungen Mann gar nicht kannte (»Du auch nicht, oder? Er war schließlich gar nicht in deiner Klasse, er war einer der Neuen, richtig?« – »Ja, Mama.«), sie warf zudem ihre ganze Wochenendplanung über den Haufen. (»Denn da du ja nicht kommen wolltest, weißt du, haben wir geplant, nach Vézelay zu fahren, nur ein kleiner Besuch, aber das geht jetzt natürlich nicht mehr, schließlich hast du Geburtstag, und da lassen wir dich nicht allein.«)

»Kein Problem, Mama, ihr könnt trotzdem fahren. Ich komme allein klar und will nur ein paar Tage hier sein.«

»Ja, aber du hast doch Geburtstag.«

»Neunzehn ist kein wichtiges Datum. Macht euch keine Sorgen, ich werde ein paar meiner alten Freunde anrufen. Vielleicht bin ich am Samstag ja gar nicht zu Hause.«

»Meinst du?«

»Aber sicher.«

»Weißt du, wir können immer noch absagen.«

»Nein, bitte nicht! Tun wir so, als sei alles normal.«

Ich wusste, dass ihr dieser Ausdruck gefallen würde. Das war eine Art Zauberformel bei uns zu Hause. *Tun wir so, als sei alles normal.* Mit der impliziten Botschaft, dass dann früher oder später tatsächlich alles wieder normal werden würde und man die schmerzliche Phase gar nicht gespürt hatte. Sie hätte nur die Adern und Arterien infiltriert, wäre eingesickert. Bereit, bei der kleinsten körperlichen Schwäche wieder zum Vorschein zu kommen.

Ich ging sehr spät zu Bett an diesem Donnerstag, dem 14. Oktober. Ich saß lange am offenen Fenster und sah das Leben unten auf der Straße vorbeiziehen. Und ich bemühte mich, meine Gedanken nicht zu kanalisieren. Die Bilder und Worte ungeordnet und wirr fließen zu lassen. Irgendwann muss ich mich dann wohl aufs Bett gelegt haben. Als ich ein paar Stunden später wieder aufwachte, stellte ich fest, dass ich noch angezogen war. Ein neuer Tag hatte begonnen. Endlich.

Ich habe meinen Eltern die Einzelheiten erspart, mit denen sie ohnehin nichts hätten anfangen können. Ich erwähnte nicht, dass ich vorgehabt hatte, Mathieu zu meinem Geburtstag einzuladen. Und auch nicht, dass ich die Treppe hinuntergerannt war. Ich habe nicht erzählt, wie er unten lag. Dass sein Blut an meinen weißen Schuhen vorbeifloss. Bevor ich unter die Dusche ging, bat ich meine Mutter lediglich, sich doch bitte die Sohlen anzusehen, ich hätte das Gefühl, in einen Kaugummi getreten zu sein. Ihr fiel nichts auf. Ich selbst hatte nicht nachgesehen. So genau wollte ich es dann doch nicht wissen.

Am Freitag gingen meine Eltern beide arbeiten, und ich war allein im Haus. Ich verbrachte den Tag hauptsächlich damit, auf Anrufbeantworter zu sprechen. Meine alten Kumpels vom Gymnasium studierten inzwischen woanders und kamen nur noch selten nach Hause. Oder aber sie arbeiteten bereits, und in diesem Fall hatten sie nicht wirklich Lust, mich zu sehen. Wir lebten nicht mehr in derselben Welt. Ich fand mein altes Aufsatzheft aus der Abiturklasse – ein *Oxford*-Schulheft, das meine Mutter in blaue Plastikfolie eingebunden hatte. Auf den hinteren Seiten standen Namen und Adressen – und ein paar Kommentare, wie wir sie alle machten, in den letzten Junitagen, kurz vor dem Abitur und dem endgültigen Auseinandergehen. Ich schrieb Briefe an alle, deren Adressen ich hatte. Heitere Sätze. Eine witzig-ironische Beschreibung des Lebens in Paris. Das Leben eines Schülers einer Vorbereitungsklasse zusammengefasst als eine kleine Serie schräger Anekdoten.

Meine alten Freunde würden sich zuerst wundern, wenn sie meinen Brief erhielten, dann lächeln, und nach einem ersten Stirnrunzeln (»Warum zum Teufel schreibt er mir?«) würden sie sich freuen, von mir zu hören. Sie hatten ganz vergessen, dass ich so witzig sein konnte. Vielleicht wäre es ganz nett, meinen Vorschlag anzunehmen und in den nächsten Ferien mal zusammen auszugehen. Genau. Sicher ganz amüsant. Unterhaltsam und inspirierend. Kein Stöhnen und kein Zaudern. Ich musste diese Richtung einschlagen, um das zu werden, was ich nie war – beliebt.

In meinem Überschwang fing ich sogar noch einen Brief an Paul Rialto an, doch schon nach zwei Zeilen kam ich ins Stocken. Ich sah ihn wieder vor mir, wie er im letzten Jahr eine Passage von Proust kommentiert hatte. Wie souverän, wie redegewandt, wie genial. Seine Sätze erwachten und erblühten vor der Klasse, sie waren brillant. Ich hatte mir nicht mal Notizen gemacht. Ich war nur fasziniert. Nie könnte ich eine Arbeit von dieser Qualität produzieren. Aber gut, das verlangte auch niemand von mir. Ich war der verbissene Tagelöhner, der sich eines Tages, man kann nie wissen, wenn der Champion verhindert war, in der Nationalmannschaft eventuell eine Bronzemedaille holte, über die sich alle fünf Minuten lang freuen würden, um es gleich darauf wieder zu vergessen.

Nach längerem Grübeln entschied ich mich für Schlichtheit. Ich schrieb ganz klein »Danke« auf ein DIN-A4-Blatt und die Adresse auf den Umschlag, die auf der Fotokopie mit all unseren Namen und Adressen stand, die Nizard, unser Lehrer für Geschichte, zu Beginn des Schuljahres verteilt hatte. Damals im September hatte ich nur einen kurzen

Blick darauf geworfen – fest davon überzeugt, dass ich sie nie brauchen würde. Nun aber las ich sie gründlich durch. Ich ging die ganze Liste durch. Es waren allesamt zentrale Stadtbezirke, manchmal berühmte Straßen. Rialto wohnte im fünften Arrondissement, in der Nähe des Jardin du Luxembourg. Ich war offensichtlich der Einzige, der in einem Außenbezirk wohnte. Aber vielleicht waren einige dieser Adressen nur schöner Schein, und hinter den glanzvollen Avenues verbargen sich armselige Dachkammern, frühere Dienstbotenzimmer im achten Stock ohne Aufzug oder winzig kleine Zimmer. Ich fragte mich, ob nicht einige meiner Mitschüler am Freitagabend immer in die Provinz zurückfuhren. Bei einer Handvoll meiner Mitschüler im ersten Vorbereitungsjahr war das der Fall gewesen. Keine Ahnung, wie es dieses Jahr aussah. Der Einzige, dem ich seit September etwas Aufmerksamkeit entgegengebracht hatte, hatte sich gerade erst ein Treppenhaus hinuntergestürzt.

Und auf einmal hörte ich den Schrei wieder. Ich spürte, wie sich mein Körper in Erwartung des Aufpralls anspannte. Und ich begriff, dass sich diese Erinnerung im Laufe meines Lebens regelmäßig einstellen würde. Quälend und eindringlich.

Ich log meine Eltern an.

Es war das Beste so.

Ich behauptete, ich hätte ein paar alte Freunde erreicht und würde meinen Geburtstag am nächsten Abend mit ihnen in einer Kneipe im Stadtzentrum feiern. Meine Mutter war froh. Sie mache sich nämlich manchmal Sorgen um mich, gestand sie mir. Sie finde, dass ich zu viel arbeite, woraufhin mein Vater meinte, man könne nie *zu* viel arbeiten, und die Diskussion war beendet.

Am Freitagabend machte meine Mutter *Petits Gâteaux*, kleine Kuchen mit einer Füllung aus flüssiger Schokolade, die wir vor dem Fernseher aßen. Als Geschenk bekam ich einen Hundert-Franc-Schein. Mein Bruder rief an, um mir alles Gute zu wünschen. Es war nur ein kurzes Gespräch. Am nächsten Morgen brachen meine Eltern sehr früh auf, um nach Vézelay zu fahren.

Ich verschlief einen guten Teil des Samstagmorgens. Als ich am Abend aus dem Haus ging, war es erschreckend kalt geworden. Und auch windig. Der Herbst hielt endlich Einzug. Bald würde die regnerische Zeit kommen. Alles würde wieder in Ordnung kommen.

Ich schlenderte eine Weile durch die Straßen. Schließlich setzte ich mich in einem der meistbesuchten Cafés der Stadt an den Tresen. Nach einigen Minuten kam Pierre herein, einer meiner wenigen Kumpel vom Gymnasium, die nicht abgewandert waren. Er hatte nach dem Abitur keine Lust gehabt zu studieren. Ein befristeter Arbeitsvertrag in einem Spielzeuggeschäft war ihm lieber gewesen. Ende Oktober würde der Vertrag auslaufen. Was er danach machen würde, wusste er noch nicht. Im Kino Le Français wurde eine Platzanweiserin gesucht. Vielleicht würden sie ja auch einen Platzanweiser nehmen. Das alles gab er mit einer etwas eintönigen Stimme von sich, klang aber trotzdem nicht frustriert.

»Wir sind schließlich erst neunzehn. Folglich haben wir noch mindestens drei Mal neunzehn Jahre vor uns. Das war ja erst mein erster Lebensabschnitt, das erste Viertel. Sag mal, wartest du auf jemanden?«

»Nein, würde ich aber gern. Ich habe heute Geburtstag.«

»Ach, dann herzlichen Glückwunsch. Ich wollte mich nachher mit ein paar Leuten von der Arbeit treffen, aber ehrlich gesagt hab ich keine große Lust. Kann ich dir einen ausgeben?«

»Wenn hier jemand einen ausgibt, dann ich! Du rettest mir meinen Geburtstag. Und außerdem bin ich reich. Meine Mutter hat mir einen Hundert-Franc-Schein geschenkt. Den werden wir jetzt auf den Kopf hauen.«

Später zogen wir weiter und setzten uns auf die Terrasse eines Cafés in der Nähe der Kathedrale. Es war recht kühl, und wir waren die Einzigen, die draußen saßen. Der Wirt hatte die Stühle bereits aufgestapelt und die Tische zusammengeklappt. Er bot uns an, ins Innere zu gehen, doch wir lehnten ab. Er zuckte mit den Schultern.

Pierre fragte mich, wie Paris so sei, das Studentenleben, die ständige Hektik. Ich wollte ihm das übliche Postkartenidyll liefern, mit schöngefärbten Lügen, doch – keine Ahnung, wie es kam – die ersten Worte, die aus meinem Mund kamen, betrafen Mathieus Selbstmord.

»Deshalb bin ich auch hier. Normalerweise fahre ich am Wochenende nicht nach Hause. Wir wurden vom Unterricht befreit. Und als ich das Lycée verließ, bin ich ziellos durch die Straßen gestreift, zufällig am Gare de l'Est gelandet und in den ersten Zug hierher gestiegen. Ohne Gepäck.«

Pierre schwieg für eine oder zwei Minuten. Als er dann wieder etwas sagte, klang seine Stimme leicht belegt.

»Fährst du wieder hin?«

»Ich denke schon. Ist ja nicht so, als hätte ich eine große Wahl. Ich kann mir nicht vorstellen, wieder bei meinen Eltern zu wohnen. Oder meine Tage an der Uni von Nanterre zu verbringen.«

»Ich wohne in einer etwas schäbigen Dreizimmerwohnung, die ich mir nach und nach einrichte. Eines der Zimmer ist für Leute, die herkommen und nicht wieder wegwollen. Wenn du willst, kannst du fürs Erste zu mir ziehen. Bis du eine Arbeit hast. Du könntest auch länger bleiben. Dann hätten wir eine Zweier-WG. Wir könnten abends ausgehen, Leute treffen, die auch zu uns kämen. Wir wären ein Ankerpunkt für andere.«

Mir wurde fast schwindlig. Es war eigentlich ganz einfach. Ich müsste meine Eltern gar nicht fragen. Ich könnte für mich selbst aufkommen. Ich war volljährig. Ich würde ihnen erklären, dass ich ein Fernstudium machen und dann den *Concours* der Schulbehörde machen würde, was ihnen ja am Herzen lag. Ich würde meinen Lebenslauf überallhin schicken. Beim Oberschulamt würde ich mich schon mal als Aufsichtsperson an einem *Collège* bewerben. Oder vielleicht bräuchten sie auch zufällig einen Vertretungslehrer für Englisch oder Französisch – die wurden schließlich immer gesucht. Ich würde den Lehrerberuf an Ort und Stelle lernen. Mein Vater könnte nach Paris fahren und meine Sachen holen. Ich würde sagen, es ginge über meine Kräfte, noch einmal dorthin zu fahren. Und sämtliche Menschen, mit denen ich mich seit über einem Jahr herumschlug, wären auf einen Schlag verschwunden. Gelöscht. Schluss mit den Demütigungen, der Einsamkeit, den Pflichtlektüren, der elektrisch aufgeladenen Stimmung. Alles wäre nur noch ein schlechter Traum. Warum hatte Mathieu nicht daran gedacht? Warum war er lieber über das Geländer gesprungen?

Ich stotterte, ich sei sehr gerührt, mit so einem Angebot hätte ich nie gerechnet, und ich würde es mir ernsthaft überlegen. Pierre lächelte. Er sagte, die besten Entscheidungen seien die, die man aus dem Bauch heraus trifft. Wenn ich nach Paris zurückkehrte, würde ich erneut in das alte Fahrwasser und in den ganzen Stress hineinrutschen.

»Was hält dich dort? Die Angst, wie ich für einen Versager zu gelten, wenn du das Handtuch wirfst? Falscher Stolz? Eine Beziehung?«

»Gefühlsmäßig ist bei mir tote Hose, seit ich die Provinz verlassen habe. Sexuell übrigens auch.«

»Folglich solltest du so schnell wie möglich zurückkommen.«

»Ich muss noch zu Mathieus Beerdigung.«

Er nickte. Er murmelte, das würde er verstehen. Aber ich musste ihm versprechen, ihn nach der Trauerfeier anzurufen.

Dabei wusste ich nicht mal, wo die Beerdigung stattfinden würde. In Blois vermutlich. Allerdings konnte ich mir nicht vorstellen, dass irgendjemand vom Lycée eingeladen werden würde. Ich hatte Pierre angelogen. Aber ich brauchte Ruhe. Abstand. Um darüber nachzudenken, welche Wege mir offenstanden, und mich dann nach bestem Wissen und Gewissen zu entscheiden. Ich neige nicht dazu, Dinge zu überstürzen. Wenn ich bei Arbeiten unter Zeitdruck stand, verirrte ich mich deshalb mit meiner synthetischen Denkweise oft im Nebel, und manche Abschnitte ähnelten nicht markierten Pisten.

Beim Abschied hat Pierre mich in den Arm genommen. Das war ein echter Schock. Nicht nur, weil wir uns nie besonders nahegestanden hatten, sondern vor allem, weil ich seinen Körper an meinem spürte. Wärme. Leben. Seit über einem Jahr hatte ich keinerlei Körperkontakt mehr gehabt, abgesehen von den kurzen Umarmungen meiner Eltern, immer etwas verlegen und reserviert.

Im Zug zurück nach Paris, am Sonntagabend, nahm ich mir vor, dass alles anders werden würde. Und wenn sich trotz meiner Bemühungen nichts bewegen würde, würde ich Pierre anrufen. Und sein Angebot annehmen. Er wäre mein Notausgang. Mein Bollwerk. Das Geländer, das mich daran hindern würde, ins Leere zu springen.

Ich war bereit, alle möglichen Dinge zu unternehmen, doch das war gar nicht nötig. Kaum hatte ich am Montagmorgen das Lycée betreten, als Paul Rialto auf mich zukam und mich fragte, wie mein Wochenende gewesen sei. Er hätte mehrmals versucht, mich in Nanterre zu erreichen, war aber auf Studenten gestoßen, die nicht mal meinen Namen kannten. Er hatte sich gedacht, dass ich in die Provinz gefahren war. Ob er meine Telefonnummer dort unten haben könne? Und außerdem wolle er mich einladen. Er habe in den letzten drei Tagen viel nachgedacht. Anfangs hatte er sich überlegt, ob er den Abend, an dem er seinen Geburtstag feiern wollte, in anderthalb Monaten, unter diesen Umständen nicht absagen sollte. Doch dann hatte er sich anders entschieden. Er würde dieses Fest feiern und sogar noch mehr Leute einladen, vielleicht sogar die ganze Klasse. Und auch die Schüler aus der Klasse unter uns. Und alte Freunde vom Gymnasium. Eine Riesenfete. Eine bunte Mischung. Kontraste. Keiner war ausgeschlossen, außer natürlich, wenn er es wollte. Paul war richtig aufgeregt. Bekam rote Wangen. Damit hob er sich ab von den blassen Gesichtern der anderen und von dem Tag, der vor uns lag. In die Klassenzimmer hinaufgehen. An der Stelle vorbei, wo … Sich an das Geländer lehnen, über das … Die Bilder in sich aufsteigen spüren, die …

Ich sagte, ich würde natürlich gern kommen. Es sei wirklich nett von ihm. Aber insgeheim fragte ich mich auch, was in ihn gefahren war. Warum er Schuldgefühle hatte.

Das war so unerwartet. Passte so wenig zu dem Bild, das ich noch vor einer Woche von ihm gehabt hatte. Paul Rialto, von dem ich nur erwartet hatte, dass ich in etwa dreißig Jahren in einer angesehenen Literaturzeitschrift auf sein Foto stoßen würde. In einem Zeitschriftengeschäft in meiner Stadt würde ich die Neuerscheinungen durchblättern. Ich würde seine Gesichtszüge studieren – etwas markanter, aber immer noch mit diesem überheblichen Ausdruck, den ich unter Tausenden wiedererkennen würde. Ich würde einen Anflug von Neid verspüren und eine gewisse Bitterkeit. Er hätte das geschafft, woran ich gescheitert war. Doch das wäre nicht mehr als gerecht, da alle es vorhergesehen hatten, aber trotzdem. Dieser Typ hatte mich ein Jahr lang links liegenlassen, mich kaum gegrüßt. Es wäre mir lieber gewesen, er hätte es dabei belassen.

Aber damit war es nun vorbei.

Schweigend gingen wir die Stufen hinauf. Die Studenten hatten sich nicht wie sonst oben am Treppenabsatz zusammengeschart. Wir gingen sofort nach rechts, in das Klassenzimmer. Unten an der Treppe haben wir den Blick abgewandt.

Die erste Stunde am Montagmorgen war Literatur bei Madame Bréquet. Schweigend nahmen wir unsere Plätze ein. Scharren von Stuhlbeinen, Klacken von Schultaschen, Rascheln von Heften – dann nichts mehr. Es war wie in der Kirche. Eine stille Messe, kein Getuschel. Wir warteten auf die erlösende Predigt, mit der wir den Verstorbenen gewürdigt hätten, zur Erbauung unserer Seelen, was uns erlaubt hätte, uns anschließend im Danach zu verankern.

Madame Bréquet schaute durch den Mittelgang an die Rückwand. Sie wich unseren Blicken demonstrativ aus. Dann gab sie ein leises Geräusch von sich – einen leisen Schluchzer oder eine Art Schluckauf –, ehe sie den Schülern, die außen in der ersten Bank saßen, je einen Stapel Fotokopien überreichte, die sie durchreichen sollten. Ich dachte, es würde sich um Texte handeln, die der Situation angemessen wären – Gedichte oder Essays, in denen es um den Tod oder um Selbstmord ging. Zu diesem Thema gab es mehr als genug Literatur.

Aber nein.

Wir würden über Dandyismus sprechen.

Das zweite Thema des Lehrplans, den sie uns zu Beginn dieses Schuljahrs präsentiert hatte. Mit der Literatur des Barocks waren wir offensichtlich fertig – und folglich war nun der Dandyismus an der Reihe.

Getuschel kam auf. Ein Anflug von Beinahe-Protesten – selbst vonseiten jener, die erleichtert waren, dass das Leben weiterging und die Aufnahmeprüfung, der *Concours*, nach wie vor unser vorrangiges Ziel war. Im Unterschied zu den früheren Stunden verlangte sie nicht, dass einer von uns den ersten Abschnitt laut vorlas. Das übernahm sie diesmal selbst. Damit war der Ton vorgegeben. Wir würden keine Erklärung bekommen. Keine Aufklärung. Es würde keine Diskussion geben. Niemand von der Schulbehörde verlangte von uns, ein Beschwerdeheft auszufüllen, um etwas über unsere Befindlichkeit zu erfahren, wenn nichts, oder fast nichts, passiert war. Ein bedauerlicher Unfall. Kein Grund, sich lange damit aufzuhalten.

Mein Herz schlug plötzlich schneller und lauter. Meine Beine bereiteten sich darauf vor, aufzuspringen und aus dem Zimmer zu rennen, falls ein anderer mit gutem Beispiel voranging. Vermutlich erging es an diesem Morgen vielen ähnlich, und sie hätten mitgemacht. Doch keiner hat gegen das Nichtaussprechen protestiert.

Umso weniger, als wir ohnehin schon zwei Unterrichtstage verloren hatten. Wir konnten uns keinen weiteren Rückstand leisten, denn wie stünden wir sonst im Juni da?

Nein, der Dandyismus ging vor, ganz klar.

Ich schaute zu Paul Rialto. Er durchbohrte Madame Bréquet mit einem Blick, als wollte er sie mit Reißzwecken auf einem kleinen Brett mit ihresgleichen festnageln – Marienkäfern, blauen Schmetterlingen und Heuschrecken. Er verzog keine Miene. Saß da wie versteinert. Als der Kurs ein bisschen in Gang kam, als die Barrieren allmählich zerbröckelten, stellte ihm die Bréquet eine Frage. Sie stieß gegen eine Mauer. Er starrte sie nur eindringlich an, vom Scheitel bis zum Kinn, ohne sie eines Wortes zu würdigen. Das brachte die Bréquet ziemlich aus der Fassung, und sie stammelte schließlich einen anderen Namen. Sie suchte Hilfe. Einen Rettungsring. Und sie hat natürlich einen gefunden. Es kam wirklich sehr, sehr selten vor, dass Paul einem seiner Kontrahenten das Wort überließ.

In den nächsten Stunden dieses Morgens wurde klar, dass die Lehrer die Anweisung erhalten hatten, kein Wort über diese ganze Geschichte zu verlieren. Das fand ich merkwürdig. Schließlich waren wir alle achtzehn oder neunzehn oder zwanzig Jahre alt, durften wählen, Auto fahren, trinken, rauchen und hatten auch zum Teil schon sexuelle Beziehungen. Was also rechtfertigte dieses Schweigen? Sollte es ein Schutz für uns sein? Das war lächerlich, vor allem vonseiten von Lehrern, die uns ständig dazu anhielten, Texte zu analysieren, das Implizite herauszufiltern, leere Stellen eines Satzes abzuklopfen. Oder war es die hirnrissige Idee, wir könnten Mathieu Lestaings Beispiel folgen? Dass er eine Welle von Selbstmorden auslösen könnte? Oder ging es um den guten Ruf des Lycée? Zu spät. Mathieus Tat hatte sich bereits an allen Vorbereitungsklassen der Pariser Lycées herumgesprochen, und im Gegensatz zu dem, was man hätte befürchten können, hatte sie das Image des D. eher aufgewertet: Viele schienen zu glauben, dass ein Selbstmord ein Zeichen für die Effizienz der Vorbereitungsklassen war. Es bedeutete, dass der Druck für die Schwächsten einfach zu groß war und sie sich von selbst eliminierten. Und das konnte nur bedeuten, dass die Aufgaben und die Anforderungen so dicht und anspruchsvoll waren, dass sie eine ausgezeichnete Vorbereitung auf den *Concours* waren. Es wäre nicht verwunderlich, wenn das D., das ohnehin schon in ganz Frankreich einen guten Ruf hatte, bei den nächsten Auswahlverfahren für die Grandes Écoles noch ein paar mehr seiner Studenten unter den Auserwählten haben würde.

Doch wie dem auch sei, die Schüler der anderen Lycées beneideten uns. Bei uns gab es alles, was das Salz des Lebens ausmachte – Tragödie, Blut, Tränen, alles Dinge, über die wir uns in unseren Tagebüchern und Aufsätzen auslassen konnten. An unserem Lycée musste das Leben sehr aufregend sein.

War es aber nicht.

Unser Leben war erstarrt. Statt lautstarker Diskussionen, unterstrichen mit unwiderlegbaren Behauptungen und scharfzüngiger Kritik, wurde auf den Gängen des D. nur getuschelt, sodass man sich fast an das Gemurmel in den Gängen eines Klosters erinnert fühlte. Die Beziehungen waren gedämpft. Die Sätze hatten ihre Schärfe eingebüßt, die Wörter waren stumpf geworden. Ich fragte mich, wie lange das wohl anhalten würde. Sollte man auf eine Rückkehr zur Normalität hoffen, oder musste man sich davor fürchten? Aber andererseits, was war schon normal?

In der Mittagspause ging ich an diesem Montag als einer der Letzten nach unten. Ohne es zu merken, drückte ich mich an der Wand entlang, um weit weg vom Geländer und vom Vakuum zu sein. Armelle wartete unten auf mich. Wir hatten uns seit unserer unerwarteten Begegnung am vorigen Donnerstag am gegenüberliegenden Treppengeländer nicht mehr gesehen. Als sich unsere Blicke trafen, habe ich den Schrei wieder gehört, den dumpfen Aufprall des Körpers auf dem Boden. Ich sah Armelle zusammenzucken und wusste, dass wir an dasselbe dachten. Sie wollte nicht in der Mensa essen. Diese Nähe zu den anderen, die sie bisher gesucht hatte, war ihr plötzlich zuwider. Sie konnte sich nicht vorstellen, mit ihnen an dem langen Tisch zu sitzen und über Hausarbeiten, Bewertungen und Testklausuren zu reden. Sie wollte lieber ein bisschen spazieren gehen, sich in ein Café setzen und dort ein Sandwich oder einen Schinken-Käse-Toast essen, die Leute beobachten und sich vor allem davon überzeugen, dass vor den Mauern des Lycée das Leben pulsierte, Menschen unterwegs waren, die Probleme hatten oder sich freuten, verliebt waren und zuversichtlich in die Zukunft blickten.

Wir gingen bis zu den Grands Boulevards. Ich wusste nichts von ihr. Ich fragte sie, ob sie Mathieu gut gekannt hatte.

»Nein, das kann ich nicht sagen, nein. Er hat mit keinem geredet. Und außerdem hatten wir sowieso nicht viel Zeit, uns näher kennenzulernen. Dort drin muss man immer nur schreiben, schreiben, schreiben. Aber wem sage ich das? Das kennst du ja. Ich weiß nicht, wie du das im letzten Jahr geschafft hast.«

»Ich hatte kein soziales Leben. Ich habe es wie eine Auszeit erlebt. Habe mich tot gestellt.«

»Immerhin hast du dich nicht umgebracht.«

»Ich dachte, du kennst ihn näher, weil du seinen Namen geschrien hast.«

»Es ist nur so, dass … Er sitzt, beziehungsweise saß in Französisch neben mir, bei Clauzet. Manchmal haben wir uns gegenseitig geholfen. Du weißt ja, wie er ist, Clauzet. Mich schockiert es inzwischen nicht mehr so sehr. Ich war letztes Jahr an der Henri IV, dort gibt es auch solche Lehrer. Mathieu dagegen hat wesentlich empfindlicher auf Kritik reagiert. Nun ja, nicht immer. Das war komisch. Wenn Clauzet andere fertigmachte, hat er manchmal gelächelt.

Ich nicht. Nie. Wenn Clauzet mit seinen Tiraden anfängt, schalte ich immer ab, ziehe mich an einen geheimen und geschützten Ort in meinem Inneren zurück und stelle auf Durchzug, reagiere nicht und bin durch nichts zu erschüttern. Aber darin hab ich auch Übung. Meine Eltern brüllen sich seit Jahren an. Deshalb kann ich mich ganz schnell in einen Stein verwandeln.«

»Aber machst du Clauzet damit nicht noch aggressiver?«

»Was kann er schon machen? Ich bin ein Mädchen. Ich trage Markenkleidung und ein Haarband. Für ihn bin ich eines dieser dummen Hühner, ganz hübsch zwar, die nur in die Vorbereitungsklasse gehen, um etwas Bildung abzubekommen und eventuell auch einen Ehemann.«

Ich war baff. Wenn man Armelle sah, konnte man genau das glauben, aber kein Mensch ahnte, dass sie so glasklar denken konnte. Mit einem schiefen Lächeln fügte sie hinzu, dass das nicht unbedingt falsch war. Nun ja, idealerweise würde ihre Familie sie später gern als Uniprofessorin mit halber Lehrverpflichtung sehen, die ihre Karriere etwas in den Hintergrund stellte, um drei Kinder großzuziehen (zwei Jungs, ein Mädchen), während ihr Herr Gemahl, eine wichtige Persönlichkeit in der Politik oder Wirtschaft, sie bei seinen Auslandsreisen ohne schlechtes Gewissen betrog. In ihrer Freizeit und dank einer englischen Nanny mit ausgezeichnetem Lebenslauf, die sie nach einem ausführlichen Vorstellungsgespräch einstellen und die sich um den Tagesablauf der Kinder kümmern würde, würde Armelle über die Erziehung und Ausbildung von jungen Mädchen in der englischen Gesellschaft zu Zeiten von Jane Austen dozieren. Denn nach den Vorbereitungsklassen würde sie sich logischerweise für Englisch als Hauptfach entscheiden. Englisch war die Sprache der Zukunft, und außerdem war es ein angenehmer Zeitvertreib für eine Frau, Englisch zu unterrichten.

Ich konnte mich nicht länger beherrschen.

»Aber du, was würdest *du* gern machen?«

»Keine Ahnung. Mein Leben ist vorprogrammiert. Ich habe keine großen Wünsche.«

»Das ist erstaunlich.«

»Nicht wahr? Aber beruhige dich, manchmal schlage ich schon über die Stränge. Ich sollte zum Beispiel im Moment bestimmt nicht mit einem zukünftigen Gymnasiallehrer in der Provinz im Stehen essen. Sagen wir, es gibt Unwägbarkeiten. Es stand auch nirgends geschrieben, dass ich meinen Banknachbarn über ein Geländer springen sehen würde. Es gibt schon den einen oder anderen Nervenkitzel in der etablierten Ordnung.«

»Du hast es nicht *gesehen*. Du hast es gehört.«

»Noch schlimmer, oder?«

Wieder blieb die Zeit stehen. Wieder das Schimpfwort, der Schrei, der dumpfe Aufprall, das Kreischen der Bibliothekarin. Wir gewöhnten uns allmählich daran. Es war unser ganz persönlicher Horrorfilm. Wir kamen zu einer kleinen Grünanlage, mit Spielgeräten für Kinder, rot und gelb. Armelle wollte sich auf eine Bank setzen.

»Was ist ihm deiner Meinung nach durch den Kopf gegangen?«

»Nichts.«

»Wie – nichts?«

»Er hatte einen Aussetzer. Clauzet hatte ihn wieder mal fertiggemacht und ihm das Gefühl gegeben, er sei der größte Dummkopf aller Zeiten. An den genauen Wortlaut kann ich mich nicht erinnern, weil ich in meiner Luftblase war, abgeschirmt vom Trubel der Welt, aber nach dem, was die anderen sagen, war es etwas wie: Sie sind ein hoffnungsloser Fall, Monsieur Lestaing, Sie sollten besser das Handtuch werfen. Dabei hat er ihm mit einer abfälligen Geste seine Arbeit auf den Tisch geknallt. Ein halber Punkt. Ein halber von zwanzig möglichen Punkten. Die totale Erniedrigung. Null ist ein Zeichen für eine Revolte. Eine glatte Null ist eine Klasse für sich, damit macht man Eindruck. Ein halber Punkt dagegen ist das Letzte, erniedrigend, schlimmer als eine Ohrfeige. Man ist der letzte Dreck. Clauzet hat sich umgedreht, Mathieu ist aufgesprungen, aus dem Zimmer gerannt, hat ›Idiot‹ geschrien und ist gesprungen.«

»Der Tropfen, der das Fass zum Überlaufen brachte?«

»Ich denke schon. Aber ich weiß nicht, was sonst noch in dem Fass war. Wir kannten uns kaum. Zumindest weniger als ihr beide euch.«

Dieser Satz schwebte spöttisch über den Geräten auf dem Kinderspielplatz. Ich hätte ihn aus nächster Nähe abschießen und die Wahrheit sagen können. Doch ich hatte keine Lust dazu. Armelle schloss die Augen. Der Oktober war wieder zum Oktober geworden. Graue Wolken jagten über den Himmel. Der Wind fegte durch die Straßen. Ich hatte plötzlich das Verlangen, dieses Mädchen mit den geschlossenen Augen in den Arm zu nehmen. Und ich tat es. Sie hat nicht protestiert. Ich war nur eine unwichtige Episode. Ein kleiner Zwischenfall auf ihrem Weg. Ich meinerseits habe nur diesen Körperkontakt genossen. Das zweite Erbeben meiner Haut innerhalb weniger Tage. Fast ein Paradies auf Erden.

Armelle kickte ein paar Steinchen weg. Feiner Staub lagerte sich auf ihren Markenschuhen ab. Ein Jammer. Ich wollte sie gerade darauf hinweisen, als sie plötzlich wieder etwas sagte.

»Ich höre seinen Schrei noch. Oft. Hoffentlich geht das vorbei. Manchmal wache ich deshalb mitten in der Nacht auf.«

»Ich auch.«

»Ich weiß nicht, was er zu bedeuten hat, dieser Schrei.«

»Wie meinst du das?«

»Meinst du, es war die Angst vor dem Aufprall? Oder ein Schrei der Verzweiflung?«

»Vermutlich Reue in letzter Sekunde. Man ist schon mitten im freien Fall, wenn man plötzlich merkt, dass man es gar nicht will, dass es idiotisch ist, man will den Film rückwärtslaufen lassen, wie in diesen Zeichentrickfilmen, doch es geht nicht, alles geht so schnell, die Stufen sind verkehrt herum, die Welt steht Kopf, und dann sieht man nur noch den Boden, Boden, Boden.«

Ich war, ohne es zu merken, immer lauter geworden. Armelle berührte meine Hand. Ich zitterte. Da legte sie mir einen Arm um den Hals.

»Wir geben ein hübsches Paar ab, wir beide.«

»Vereint durch einen Sprung ins Nichts. Ein seltsamer Anfang.«

»Wir sind die Bestätigung dafür, dass es ein Leben nach dem Tod gibt. Sag mal, meinst du, dass du den *Concours* packst?«

»Nein. Habe ich nie gedacht. Meine Lehrer übrigens auch nicht, kein einziger.«

»Und warum bleibst du dann hier? Aus Masochismus? Willst du lernen, dich über alles Mögliche auslassen zu können?«

»Ich weiß nicht genau. Stolz spielt sicher auch eine Rolle. Ich will nicht kneifen. Und auch nicht mit eingezogenem Schwanz in die Provinz zurückkehren und zugeben, dass ich doch nicht gut genug war. Und außerdem bewege ich mich in einem Umfeld, das weder meine Eltern noch mein Bruder jemals kennenlernen werden, ich lerne Sprachen, die für sie auf ewig tot bleiben werden. Ich ebne mir meinen Weg.«

»Und mich hast du unterwegs aufgelesen und nimmst mich ein Stück mit?«

»Ich würde eher sagen, dass du am Steuer sitzt, oder?«

»Bist du traurig wegen Mathieu?«

Ich zuckte mit den Schultern. Ich hatte keine Lust mehr, darüber zu reden. Ich wollte lieber diesen unerwarteten Spaziergang genießen, den kleinen Park mitten in Paris, die Wolken, die in Richtung Peripherie trieben, Armelles Lippen, doch sie wich zurück, als sich mein Gesicht dem ihren näherte. Für sie war dieses Thema noch nicht zu Ende.

»Weißt du, ob er Probleme hatte? Mal abgesehen davon, allein an diesem elitären Lycée zu sein, wo er Tag für Tag gedemütigt wurde?«

»Seine Eltern haben sich kürzlich scheiden lassen.«

»Na, wenn das ein Grund wäre, um über ein Geländer zu springen, würde die Bevölkerung dieses Landes ganz schön schnell schrumpfen.«

»Ich denke, da ist einiges zusammengekommen. Diese Scheidung, Clauzets fiese Kommentare, das Gefühl, nicht am richtigen Platz zu sein, die Einsamkeit, die Brutalität.«

»Die Brutalität?«

»Die Brutalität, ja. Der Wettstreit, der Konkurrenzkampf, die Hirsche, die kämpfen, um herauszufinden, wer der Stärkste ist, die ständige Einschüchterung, der Druck.«

»Er hätte ja aufgeben können.«

»Ja. Das ist es, was ich einfach nicht begreife.«

»Hast du es dir auch schon mal überlegt?«

»Nein. Aber ich bin hin- und hergerissen. Ich bin ein Schilfrohr, keine Eiche. Ich biege mich, aber ich breche nicht.«

»Warum bist du nach unten gerannt?«

»Diese Frage stelle ich mir lieber nicht.«

»Faszination?«

»Ich glaube, wir müssen so langsam zurück, nicht wahr?«

»Wenn du meinst.«

»Es sei denn, du treibst dich den ganzen Nachmittag lieber mit deiner neuen Eroberung herum.«

»O nein! Zu arm und ein Provinzler.«

»Sehen wir uns trotzdem wieder?«

»Das tun wir doch jeden Tag, oder?«

»Falls du noch mehr schlechten Umgang pflegen willst: Ich habe ein Zimmer in einem Studentenwohnheim in Nanterre-Université.«

»Huch, da läuft mir jetzt schon ein Schauder über den Rücken.«

Seite an Seite gingen wir zum Lycée zurück, ohne uns zu berühren. Wir hatten beide das Mittagessen ausfallen lassen. Man sah uns zusammen die Treppe hinaufgehen, und oben trennten wir uns ohne ein Wort, aber immerhin mit einem leichten Lächeln. Das führte zu einigem Stirnrunzeln.

Ich war sichtbar geworden.

Ich wurde zum Rektor bestellt. Man ließ mich auf einer mit grünem Leder bezogenen Bank mit goldfarbenen Knöpfen warten. Mir gegenüber hingen die Bilder aller berühmten Männer, die den Grundstein für ihre Karriere innerhalb dieser Mauern gelegt hatten. Keine einzige Frau. Kein Wunder. Das Weibliche war eine relativ neue Entdeckung in diesem Milieu. Eigentlich erstaunlich, wenn man an die vielen angelsächsischen Schriftstellerinnen denkt, deren Werke wir auseinandernahmen, und an die mythischen Figuren des *Nouveau Roman,* mit denen sie uns dauernd in den Ohren lagen.

Der Rektor war erschöpft. Er rieb sich die Schläfen und die Nase. Es war mitten am Nachmittag. Vor sich hin murmelnd griff er nach seiner Zigarettenschachtel und bot mir eine an. »Es gehört sich nicht, aber Sie sind ja volljährig.« Ich lehnte ab. Er seufzte und setzte sein Selbstgespräch dann fort. Es wäre eine schlimme Sache. Schlimm für den Ruf des Instituts, aber – Seufzer – noch übler für die Familie natürlich. Er hätte hier auf dem Stuhl, auf dem ich gerade saß, bereits eine völlig gebrochene Mutter empfangen, und warte nun auf den Besuch des Vaters, dem es ähnlich schlecht gehen musste. Und bevor er mit dem Vater konfrontiert wäre, wollte er mit sämtlichen Augenzeugen der Tragödie sprechen. Ein neuer Seufzer. Pause. Ich dachte an musikalische Phrasierungen – eine ganze Note entspricht zwei halben Noten und diese wiederum zwei Viertelnoten. Mathieu hatte mir zwischen zwei Zügen erzählt, dass er jahrelang Klavierunterricht hatte und das Instrument inzwischen hasste. Er hatte gedacht, dass er das Gefühl, wenn er seine Hände auf die Tasten legt, nie vermissen würde. Hier in Paris hatte er aber gemerkt, dass er sich getäuscht hatte. Er hatte Lust zu spielen, die ganze Zeit. Melodien, um die Wörter zu übertönen, die Sätze, die Absätze, die Seiten. Musik, um nichts mehr hören zu müssen.

Der Rektor sank in sich zusammen. Seine Augen schimmerten feucht.

»Ich habe auch Kinder, verstehen Sie?«

Nein. Ich begriff nicht. Denn ich hatte keine Kinder. Ich hatte Eltern und einen Bruder, denen es relativ egal war, wie es mir ging, und die fanden, dass ich inzwischen alt genug war, um allein zurechtzukommen – »tut er im Übrigen auch, nicht wahr? Er wohnt in Paris, er lebt sein Leben, ganz eigenständig.«

Ich begriff auch nicht, was ich hier zu suchen hatte, in diesem Büro. Der Rektor wusste es offenbar selbst nicht. Man merkte ihm an, dass er nicht wusste, warum er mich zu sich bestellt hatte. Abgesehen davon natürlich, dass ich die Treppe hinuntergelaufen war. Was hätte ich dort zu suchen gehabt? Was war in mich gefahren, dass ich aus dem Klassenzimmer rannte, das nicht mal das des Opfers war, und überstürzt die Treppe hinunter und zum Ort des Dramas gestürmt war?

»Wir … wir haben manchmal miteinander geredet, Mathieu und ich.«

»Aha, das … das ist von Interesse für mich.«

»Ich glaube nicht, nein. Wir haben uns nur zwischen Tür und Angel gegenseitig das Herz ausgeschüttet.«

»Kam er Ihnen depressiv vor?«

»Nicht mehr als die meisten Studenten aus der Provinz, die das Universum der Vorbereitungsklassen entdecken.«

»Ja, ich weiß. Wir haben nicht viele von ihnen. Wir müssten anfangs besser auf sie eingehen. Aber wir haben so viel zu tun.«

»Wir?«

Der Rektor stutzte und sah mich an. In seinen Augen blitzte ein Funke von Wut auf, der jedoch rasch durch einen Anflug von guter Laune ersetzt wurde. Das brauchte er, der Rektor. Gute Laune. Ein Gegenmittel für all die Dramen.

»*Ich*. Sie haben recht, ich rede daher wie die Monarchen des *Ancien Régime*. Das liegt gewiss an dem Stuck an den Decken und dem dicken Teppichboden. Ich springe von einem Thema zum nächsten, aber haben Sie gewusst, dass sich seine Eltern scheiden ließen?«

»Ja, das hat er mir erzählt.«

Der Rektor nickte. Er versuchte, mich einzuschätzen. Ihm schwante, dass ich eventuell noch andere Geheimnisse kannte, den Schlüssel besaß, mit dem sich der Tresor öffnen ließe, der den Code für den Selbstmord lieferte. Sodass es eine Erklärung gäbe. Diese Tat musste doch erklärbar sein. Er sagte sich, dass er gut daran getan hatte, mich zu sich zu rufen. Mathieu Lestaing hatte einen Verbündeten in der Festung gehabt. Schade, dass er nicht die Zeit gehabt hatte, es zu merken.

»Clauzet?«

Dieser Name sauste herab wie eine Peitsche. Ich hob sie nicht auf. Ich wollte sie blutbefleckt auf dem Mahagoni-Schreibtisch liegen sehen. Ich hielt dem Blick des Rektors stand. Lange Sekunden. Zum ersten Mal wurde mir bewusst, was man mit einem durchdringenden Blick alles ausdrücken kann. Ich legte alle Erniedrigungen, alle Beleidigungen und alle fiesen Bemerkungen hinein, die Sarkasmen, die raue und schrille Stimme, die untadelige Kleidung, die abfällig heruntergezogenen Mundwinkel beim Zurückgeben der Arbeiten. Mein Gesprächspartner hingegen legte das Schweigen der anderen Lehrer in die Waagschale, alles Unausgesprochene, Konkurrenten von den anderen Lycées, Eltern, die das Blut ihrer Kinder trinken, das System, die Geschichte dieses Instituts. Doch ganz hinten in seiner Pupille konnte ich auch seinen Hass aufblitzen sehen. Eine ganz kleine Flamme – aber lebhaft und kompakt. Ein Abbild meiner eigenen. Als er erneut das Wort ergriff, wussten wir beide sehr genau, woran wir waren.

»Halten Sie es für möglich, dass Clauzet dafür verantwortlich ist?«

»Ich glaube nicht, dass ich darauf antworten will.«

»Ist er im Unterricht wirklich so schrecklich, wie man sagt?«

»Das wissen Sie.«

»Ja, zum Teil. Ich erhielt einige Beschwerden, aber nicht viele. Von Studenten, die abgebrochen haben, obwohl sie nur mit französischer Literatur Probleme hatten. Eltern treten bei Studenten nicht mehr auf den Plan. Sie wissen zu gut, was auf dem Spiel steht und was für Konsequenzen ein Eingreifen hätte. Sie ziehen lieber den Kopf ein.«

»Wie ihre Kinder.«

»Seien Sie ehrlich: Geht er manchmal zu weit?«

Alles in mir schrie nach einem Ja. Mein verzerrtes Gesicht im Spiegel, das Ja, Ja, Ja schrie. Doch ich entschied mich für Schweigen und zuckte nur mit den Schultern.

In einem Atemzug antworten, dass die Lehrer in der Vorbereitungsklasse mit Sicherheit keine Engel sind. Diese Feigheit würde sich in meiner Brust einnisten, das spürte ich instinktiv, und Jahrzehnte später unversehrt wieder herausbrechen. Schau dich im Spiegel an! Schau dir die Nattern an, die du schlucken kannst. Sie sind so groß wie eine Boa constrictor.

»Denken Sie, dass man die Beziehungen zwischen Schülern und Lehrern an diesem Lycée verbessern könnte?«

Diese Frage war dermaßen lächerlich, dass ich nicht anders konnte, als ihm ins Gesicht zu lachen. Der Rektor zuckte zusammen. Ich entschuldigte mich. Er hatte sehr genau verstanden. Er sagte nur, dass es nicht sehr hilfreich für ihn sei, wenn ich lache.

»Hören Sie, ich denke, dass die Lehrer hier absolut gar nichts über ihre Studenten wissen. Ich glaube auch nicht, dass sie zum Beispiel irgendetwas über mich wissen, abgesehen von meinen Noten und der Tatsache, dass ich aus der Provinz komme, was mich fast zu einem Exoten macht. Aber ich bin jetzt volljährig, sie auch, die Rollen waren von Anfang an verteilt, wir spielen sie, wie in einem Theater, nicht wahr?«

»Nicht jeder ist so reif wie Sie.«

»Ich glaube nicht, dass meine Lehrer diese Meinung teilen. Sie wissen nur, dass ich büffle wie ein Ochse. Aber sie fragen sich natürlich, wofür diese Mühe, da sie ohnehin davon überzeugt sind, dass ich beim *Concours* durchfalle.«

»Und Sie? Denken Sie, Sie schaffen es?«

»Nein. Aber ich will später trotzdem unterrichten. Deshalb lerne ich. Und ich beobachte. Das ist interessant.«

»Ich lerne auch ständig. Und ich beobachte. Manchmal ist es mehr abstoßend als interessant.«

»Das liegt daran, dass Sie bereits am Ende Ihrer Karriere sind.«

»Und dass ich Kinder habe. Hören Sie, ich glaube, unser Gespräch ist beendet. Danke, dass Sie sich etwas Zeit für mich genommen haben. Wir werden uns sicher wieder über den Weg laufen, im Treppenhaus – aber jetzt sind Sie entlassen, wie man so schön sagt. Mir gefällt Ihr Scharfsinn. Er wird Sie retten.«

Als ich das Büro verließ, saß Clauzet auf der Bank mit dem grünen Lederbezug und den goldenen Knöpfen. Er saß kerzengerade da und starrte an die Wand vor ihm. Er würdigte mich keines Blickes, doch ich wusste ganz genau, dass er aus dem Augenwinkel jede meiner Bewegungen und jede meiner Reaktionen verfolgte und meinen Gesichtsausdruck musterte. Ich war eine der Personen, die seine Karriere und sein Schicksal in den Händen hielten. Ich genoss diese plötzliche Umkehrung der Rollen – was mir umso leichter fiel, da ich ihn im Grunde gerade gerettet hatte. Deshalb hatte ich nun einen gewissen Trumpf in der Hand. Und als ich die Tür zur Verwaltung hinter mir zuzog, lächelte ich vor mich hin.

Ich drehte mich um.

Vor mir sah ich einen nervösen Mann, etwa Mitte vierzig, der das Sekretariat suchte. Es war nicht zu übersehen, dass er Mathieus Vater war, die Ähnlichkeit war verblüffend.

Diese Ähnlichkeit genügte, um jede Spur von Genugtuung aus meinem Gesicht zu wischen. Schließlich und letztendlich hatte es einen Todesfall gegeben.

Am nächsten Morgen habe ich Armelle nicht getroffen, und als ich zu Mittag aus dem Klassenzimmer kam, war sie schon weg. Daraus schloss ich, dass sie ihre Eskapade vom Vortag bereute und mein Jahr so weitergehen würde, wie es begonnen hatte, mit Hausarbeiten, Aufsätzen und Randbemerkungen. Doch ich hatte mich getäuscht.

Paul Rialto verließ in der Mensa seinen üblichen Tisch und setzte sich zu mir. Seine Tischgenossen waren sprachlos – und auch ich war baff. Wie und womit hatte ich das verdient? Wir haben nicht viel geredet – er schlang wie immer alles hinunter, ohne sich groß dafür zu interessieren, was es war. Er wollte noch ein Glas mit mir trinken gehen, im 747, dem Café gleich neben dem Lycée. Das fand ich zwar schmeichelhaft, andererseits setzte es mich auch unter Stress. Rialto würde früher oder später merken, dass ich ein Hochstapler war, nichts Interessantes zu bieten hatte, und dass mein Gezwitscher wie mein Gefieder war – nämlich glanzlos und langweilig, wie bei dem Raben in Lafontaines Fabel.

Ich war nervös, als wir das Café betraten. Und unangenehm überrascht, als ich an einem der hinteren Tische Armelle, Anne und drei ihrer Freundinnen sitzen sah. Armelle lächelte mich verlegen an, was meine Zweifel bestätigte. Mit einer leichten Kopfbewegung deutete sie ans Ende ihres Tisches. Dort saß der Mann, den ich am Vortag im Treppenhaus getroffen hatte, und verfolgte schweigend, aber aufmerksam die Unterhaltung von zwei Studenten aus dem ersten Vorbereitungsjahr, die ich nur vom Sehen kannte.

Er trug noch denselben Anzug. Und hatte noch dieselbe Furche zwischen den Augenbrauen, die von großer Konzentration zeugte und von Erschöpfung. Seine Augen hingen an seinen Gesprächspartnern. Ich fand die gerade Nase von Mathieu wieder. Seine zu schmalen Lippen. Nur die Haare waren anders. Die auf dem Kopf von Monsieur Lestaing hatten sich bereits schwer gelichtet. Irgendwann sah mich einer der beiden Jungen, mit denen er redete, an und beugte sich dann zu Mathieus Vater, der mich daraufhin anstarrte. Ein paar Sekunden lang saßen sie beide reglos da. Ich spürte eine Hitzewelle auf meinen Wangen und am Hals – und suchte rasch Hilfe bei Paul. Einen Ausweg. Ablenkung.

Unglücklicherweise hatten Paul und ich uns nichts mehr zu sagen, nachdem wir die Tragödie noch einmal erwähnt hatten. Wir lebten nicht in denselben Sphären, hatten weder dasselbe Ziel noch dieselben Ambitionen. Unsere Unterhaltung war enttäuschend. Ich hätte von meiner Unterredung mit dem Rektor erzählen können, von Clauzets Blick, als ich ihn vor dem Zimmer seines Vorgesetzten sitzen sah. Doch das alles wollte ich für mich behalten. Als Waffen für die Wegstrecke, die ich noch vor mir hatte. Paul warf einen Blick auf Mathieus Vater und sagte dann: »Mein Bruder ist verschwunden« – und ganz unvermittelt war alles andere ausgelöscht, das 747 mit dem Tresen aus Aluminium, dem langen Gastraum, den Geräuschen des Kaffeeautomaten, das Stimmengewirr, Armelle, Anne, der Vater von Mathieu Lestaing. Es gab nur noch Paul Rialto und mich. Paul Rialto, dessen Finger, die um die Tasse lagen, leicht zitterten. Paul Rialto, dessen Gesichtszüge auf einmal so angespannt waren, dass er so aussah wie manchmal in der Klasse – hart und unnachgiebig. Ich war versucht, seine Hände zu berühren, seine Hände, die stillzuhalten versuchten und es nicht schafften. Ich bedauerte, dass mir die nötige Kühnheit fehlte. Die Kühnheit, die darin besteht, die Grenzen des Fleisches zu überschreiten und die Haut eines anderen zu streifen, um zu spüren, wie die Wärme von einem Körper auf den anderen übergeht, einige Sekunden so zu verharren, um den anderen spüren zu lassen, dass man da war und ihn unterstützte. Meine Eltern hatten mir Distanz und Hemmungen beigebracht. Und ich konnte damals noch nicht über meinen Schatten springen, ich konnte sie nur imitieren, auch wenn ich hätte schreien können.

»Er hat eine naturwissenschaftliche Vorbereitungsklasse am Louis-le-Grand besucht. Eines Abends kam er nicht mehr nach Hause. Meine Eltern waren gerade für eine Woche im Ausland. Zuerst habe ich mir keine Sorgen gemacht. Er ist volljährig und weiß schon, was er tut, sagte ich mir. Ich war damals vierzehn. Ich wollte sein wie er. Ich dachte, er hätte vielleicht viel zu tun und sei zum Lernen zu Freunden gegangen und habe nicht auf die Uhr geschaut. Ich hätte gleich stutzig werden müssen. Er hatte keine Freunde. Hatte er nie gehabt. Ich habe allein zu Abend gegessen. Als ich mitten in der Nacht aufgewacht bin, war sein Zimmer noch unberührt. Ich bin in Panik geraten und habe meine Eltern angerufen. Mein Vater sagte, ich solle mich wieder beruhigen. Dahinter stecke bestimmt ein Mädchen, und das habe ihn seine familiären Verpflichtungen vergessen lassen. Als ich am nächsten Tag vom Gymnasium kam, war er immer noch nicht da. Da sind meine Eltern mit dem nächsten Flieger nach Hause gekommen und zur Polizei gegangen, doch die hat sie ausgelacht. Ihr Sohn sei volljährig, sein Verschwinden sei kein Grund zur Sorge. Die Polizisten versprachen, sich darum zu kümmern. Aber sie haben sich nie gemeldet. Meine Eltern sich bei ihnen auch nicht mehr. In der Zwischenzeit hatten sie einen kurzen Brief meines Bruders bekommen, in dem er schrieb, er würde ein neues Leben beginnen, sie bräuchten sich keine Sorgen zu machen, es ginge ihm gut.«

»Und ihr … ich meine, habt ihr danach nochmal von ihm gehört?«

»Nein. Doch meine Eltern haben einen Privatdetektiv auf ihn angesetzt. Wir sind diese Art von Familie, weißt du. Die Art von Familie, die einem Familienmitglied heimlich nachspioniert. Danach wussten sie fast alles über ihn. Mein Bruder lebt in England. Angefangen hat er als Tellerwäscher, inzwischen leitet er eine Art Pub oder Brasserie in York. Er wohnt mit einem Mädchen zusammen, das als Sprechstundenhilfe arbeitet. Sie haben eine Zweizimmerwohnung in einer Wohnanlage für die Mittelklasse. Ich kenne seine Adresse. Manchmal schreibe ich ihm Briefe, die ich dann aber wieder zerreiße. Ich warte auf ein Zeichen von ihm, um ihm zu schreiben, doch es kommt nicht.«

»Und deine Eltern haben ihn nie besucht?«

»Sie haben ihn aus ihrem Gedächtnis gestrichen. Über ihn wird nicht mehr geredet. Die Sachen aus seinem Zimmer wurden alle weggeworfen. Die Wände sind kahl. Sie haben nur noch *einen* Sohn, mich.«

»Das verstehe ich nicht.«

»Er hat sie verraten. Er hat auch seine soziale Zugehörigkeit verraten, seine Zukunftschancen, seine Intelligenz, seine Kultur. Für sie ist er gestorben.«

»Aber er lebt doch noch.«

»Genau. Genau daran habe ich gedacht, als ich neulich Mathieus Schrei hörte. Mein Bruder hätte auch springen können. Stattdessen lebt er weiter.«

»Und das hat dich nicht davon abgehalten, ebenfalls eine Vorbereitungsklasse zu besuchen?«

»Ich wollte meine Eltern nicht enttäuschen. Ich wollte nicht, dass sie gar keinen Sohn mehr haben. Und außerdem mache ich den literarischen Zweig, nicht den naturwissenschaftlichen. Und es war meine Entscheidung.«

»Wolltest du deinen Bruder nie besuchen?«

»Na ja, ich hatte immer auf eine Einladung von ihm gehofft. Doch inzwischen glaube ich, dass ich darauf verzichte. Ich werde noch dieses Jahr zu ihm nach York fahren.«

Neidisch.

Das war das erste Adjektiv, das mir in den Sinn kam. Ich spürte die Verletzung. Sie ging sehr tief. Ich war neidisch. Auf alles. Auf diesen tollen großen Bruder, der es fertiggebracht hatte, seinen goldenen Käfig zu verlassen, die Hauptgleise, um sich auf eine Nebenstrecke zu begeben, während mein Bruder sich abmühte, den Kurs beizubehalten, den meine Eltern vorgezeichnet hatten. Auf diese Wehmut und Wärme, die ich nie verspürte, wenn ich meinen Bruder erwähnte – und er genauso wenig, dessen war ich mir sicher. Auf dieses Umfeld, in dem Eltern mir nichts, dir nichts auf Geschäftsreise ins Ausland fahren, und in dem Brüder sich nach England absetzen, während bei meinen allein schon die Erwähnung einer anderen Sprache als Französisch glucksendes Gelächter und vehemente Vorurteile hervorrief – es gab nichts Besseres als unsere Muttersprache, und das bewies allein schon die Tatsache, dass sie überall gesprochen wurde, in Afrika und sogar in Kanada.

Einfach alles hinzuschmeißen war nur möglich, wenn man aus einem sozialen Milieu wie Paul und sein Bruder kam. Es war natürlich eine Frage von finanziellen Mitteln – denn Pauls Bruder hatte sich sicher die Mühe gemacht, sein von den Eltern gut gepolstertes Konto leerzuräumen, bevor er seine Zelte abgebrochen hatte; aber es war auch vor allem eine Frage des Selbstvertrauens. Das Bewusstsein, ein vollwertiges Individuum zu sein. Das Wissen, intelligent und klug zu sein. Und die feste Überzeugung, dass man immer auf die eine oder andere Weise durchkommt.

So war ich nicht. Ich war mir ganz und gar nicht sicher, ob ich so etwas schaffen würde.

Mathieu Lestaing offenbar noch weniger. Ich warf einen kurzen Blick auf seinen Vater. An Armelles Tisch hatte sich Schweigen breitgemacht. Man schielte auf die Uhr. Die Nachmittagskurse würden bald beginnen. Monsieur Lestaing war mit dem allem nicht vertraut. Er starrte auf die Wand vor ihm. Und an dieser Wand gab es nichts anderes als Rauputz.

Nach dem Unterricht, am späten Nachmittag, war Armelle da. Sie wollte mit mir durch die Straßen flanieren. Sie war sehr nervös, blieb manchmal stehen und ging dann weiter. Fragte, ob wir etwas trinken gehen. Dann änderte sie ihre Meinung wieder. Sie entschuldigte sich, dass sie nicht auf mich gewartet habe, heute Mittag. Ich zuckte mit den Schultern. War ja nicht schlimm. Sie fügte hinzu, es sei wegen dieses Mannes gewesen, Monsieur Lestaing, dem Vater von Mathieu. Er habe auf den Stufen vor dem Lycée gestanden und die Studenten gefragt, in welche Klasse sie gingen. Als er erfuhr, dass Armelle und die Leute, die bei ihr waren, in Mathieus Klasse gingen, hat er sie zum Mittagessen eingeladen. Er sagte, er müsse unbedingt reden. Über seinen Sohn. Darüber, was passiert war. Ob es ihnen etwas ausmache? Es machte allen etwas aus, klar, doch sie brachten es nicht übers Herz, ihm das zu sagen. Es war ein sehr düsterer Moment gewesen. Er fragte sie nach Details. Was kurz davor passiert war. Was sie von Mathieu wüssten, die einen wie die anderen. Warum sie in die Vorbereitungsklasse gingen, was sie sich davon erhofften, wie belastend sie die Anforderungen fänden, und ob manche Dozenten sie fertigmachten. Sie fühlten sich alle in Bedrängnis. Sie begriffen natürlich, worauf Mathieus Vater hinauswollte, hatten aber keine große Lust, ihm auf diesen Weg zu folgen. Sie hatten Angst vor Repressalien, und vor allem fanden sie sein Vorgehen sehr aggressiv, verfrüht – wagten aber natürlich nicht, es ihm ins Gesicht zu sagen. Wer waren sie, dass es ihnen zugestanden hätte, ein Urteil über den Vater eines toten Sohns zu fällen? Die Unterhaltung verlief irgendwann im Sande. Monsieur Lestaing schien das Interesse an seinen Fragen zu verlieren. Das war merkwürdig. Er schaute sie nicht mehr an, und ihre Worte schienen an ihm abzuprallen. Vielleicht war das normal, nach einem so brutalen Ereignis. Oder es war eine Nebenwirkung der Pillen, die ihm sein Arzt verschrieben hatte, um den Schock abzumildern. Er schien erst wieder aufzuwachen, als Armand meinen Namen sagte und auf mich zeigte. Der Rektor hatte ihm von mir erzählt. Armelle dachte, er würde aufstehen und zu mir kommen, aber nein, er blieb einfach sitzen, regungslos, und starrte weiterhin ins Leere. Das war sehr irritierend. Armelle und die anderen konnten sich den ganzen Nachmittag über nicht mehr konzentrieren, und sie fühlte sich sogar jetzt noch nicht ganz wohl. Sie hätte Lust, nach Hause zu gehen, das habe nichts mit mir zu tun, oder vielleicht doch, das wisse sie nicht mehr, ob ich sie wohl in Frieden lassen könne, statt ihr wie ein Hündchen nachzulaufen? Auf jeden Fall habe sie zu tun, sehr viel sogar, irrsinnig viel, jetzt wo sich so vieles angehäuft hatte, sie habe keine Zeit, sie wisse selbst nicht, was am Vortag in sie gefahren sei, sie wolle sich dafür entschuldigen und hoffe, dass ich es ihr nicht übelnehme, aber …

Das Ende ihres Satzes habe ich mir nicht mehr angehört. Ich habe mich umgedreht und bin abgehauen. Ich musste Armelles Launen nicht ertragen. Sie war nicht da gewesen, als sich die beiden Blutspuren zwischen meinen Sohlen vorbeigeschlängelt hatten. Ich habe mich nicht mehr umgedreht. Ich marschierte in Richtung des Lycée und stürzte mich ins 747. Es war gegen sechs Uhr abends. Studenten waren keine mehr da. Dafür aber Sekretärinnen, Buchhalter, Angestellte, die genüsslich ihren Martini Bianco, Portwein oder goldbraune Liköre schlürften und mit gedämpfter Stimme über ihren anstrengenden Arbeitstag redeten, Kunden, Lieferanten, Vorgesetzte. Das war wohltuend. Inmitten dieses Völkchens aus Büroangestellten, allein an einem Tisch am Eingang zum Nebenzimmer, auf einer Bank aus schwarzem Kunstleder, saß Monsieur Lestaing, die Augen auf die Eingangstür gerichtet. Ich wusste nicht, wieso, aber ich hatte das undeutliche Gefühl, eine Verabredung mit ihm zu haben.

Er nickte mir zu – und deutete sogar ein Lächeln an. Ich war ein paar Sekunden lang unentschlossen, wohl wissend, dass dieses Treffen normalerweise nicht stattfinden dürfte, dass ich in eine Lüge eintauchen würde, doch dann ging ich auf ihn zu. Ich nahm ihm gegenüber Platz. Ich hatte das Gefühl, der Erzähler eines dieser nostalgischen und seltsamen Romane zu sein, die ich in den Ferien manchmal las, in denen es um ein verschwundenes Paris geht und um die Suche nach einem Phantom-Vater. Dabei deutete alles, die Titel der Zeitungen, die eine blonde Frau am Nebentisch überflog, das Chanson, das gedämpft aus den Lautsprechern kam, die leisen Gespräche über die derzeitige Regierung und die letzten Fußballergebnisse, darauf hin, dass wir in der Gegenwart und in der Realität waren. Und das Phantom war kein Vater, sondern ein Sohn.

Monsieur Lestaing nannte mir seinen Vornamen – Patrick – und fragte, ob ich etwas trinken wolle. Etwas mit Alkohol oder ohne? Ohne. Es war kurz nach achtzehn Uhr. Wenn ich trank, dann immer ziemlich starke Sachen, und das nur, wenn es schon spät war. Er nickte. Und sagte, er würde zurzeit auch nichts trinken, denn sonst würde er den Verlust umso stärker und schmerzlicher empfinden.

Seine Stimme klang fast metallisch. Dieses Detail hat mich im ersten Moment am meisten schockiert. Ich hatte mich darauf eingestellt, dass sie heiser wäre, gebrochen, zerfranste Stimmbänder, dabei sprach er mit monotoner Stimme, die an die Roboterstimmen in Sciencefiction-Filmen erinnerte. Wir bestellten beide einen Kaffee. Der würde uns zwar nicht schlafen lassen, aber wir schliefen ohnehin beide nicht. So fing unser Gespräch an. Mit der Schlaflosigkeit. Er wollte wissen, ob sie bei mir am vorigen Donnerstag begonnen hatte.

»Na ja, ich würde sagen, dass ich schon vorher keinen tiefen, ungestörten Schlaf hatte, ich ging immer spät schlafen und stand früh wieder auf, zum Lernen. Aber seither mache ich kein Auge mehr zu. Wissen Sie, das ist ganz nützlich. Ich verbringe die Zeit mit Lesen, Schreiben, Hausarbeiten schreiben, mir Notizen machen, Seite um Seite verschlingen, ich entwickle mich langsam, aber sicher zu einem wandelnden Lexikon, das ist letztlich vielleicht ganz gut, man hat auf alles eine Antwort, entschuldigen Sie, ich rede normalerweise nicht so viel, ich weiß nicht, was in mich gefahren ist, ich glaube, ich bin sehr nervös, Sie machen mich nervös.«

»Das ist normal. Ich bin der Vater des Opfers. Angesichts eines solchen Unglücks weiß man gar nicht, wie man reagieren soll. Man sagt sich nur, dass man froh ist, nicht an seiner Stelle zu sein.«

»Genau. Und außerdem ging alles so schnell, es war so ein Schock, ich glaube nicht, dass ich das alles schon verkraftet habe.«

»Und ich, ich werde es nie verkraften, wie Sie es ausdrücken.«

»Ich denke die ganze Zeit an Mathieu. Das macht mir Angst.«

»Nehmen Sie Medikamente?«

»Ich ... nein. Meinen Sie, ich sollte welche nehmen?«

»Der Arzt hat mir welche verschrieben. Sie machen mich sehr träge. Wie ausgedörrt. Ich kann nicht mal weinen. Ich bin wie geistesabwesend. Sie müssen mir verzeihen, wenn Sie zeitweise den Eindruck haben, ich sei nicht wirklich da. Im Moment ist er nicht tot für mich, wissen Sie. Er ist beerdigt, doch er ist nicht tot. Ich weigere mich, es zu akzeptieren. Standen Sie meinem Sohn sehr nahe?«

»Nein, ich … Das denken viele meiner Kommilitonen, doch so war es nicht. Noch nicht zumindest. Die neuen Kurse haben ja erst vor anderthalb Monaten angefangen. Wir … Ich wollte ihn zu meinem Geburtstag einladen.«

»Wann hatten Sie Geburtstag?«

»Letzten Samstag. Zwei Tage später.«

»Herzlichen Glückwunsch.«

»Ich bin neunzehn geworden. Ich glaube, ich werde mich mein Leben lang daran erinnern.«

»Ach, so ein Leben ist lang. Irgendwann werden Sie zu viele Erinnerungen angesammelt haben. Dann öffnen Sie eine Falltür, und die schmerzhaftesten werden in der Versenkung verschwinden. Sie werden es vergessen, Sie werden sehen.«

Aus den Lautsprecherboxen am anderen Ende des Lokals kam der Anfang eines Songs, den ich im Sommer sehr oft gehört hatte, als ich im Supermarkt arbeitete. Eine Gruppe blonder junger Mädchen, angeführt von einer Sängerin, die dauernd sang, wie schlimm dieser Sommer sei, jetzt wo ihr Liebster weg war. Monsieur Lestaing war auch weg. Er hatte sich innerhalb einer Zehntelsekunde ausgeklinkt. Seine Augen waren leicht glasig geworden, seine Lippen bewegten sich, ohne dass auch nur ein Murmeln herausgekommen wäre. Seinen Trancezustand empfand ich eher als Erleichterung, als dass er mich gestört hätte. Endlich jemand, der nicht auf alles achtete, was ich sagte. Hier war jemand, der mir Schwächen zugestand. Ich nutzte die Zeit, um ihn genau zu betrachten – den zurückgehenden Haaransatz und die dadurch größer werdende Stirn, die Ränder seiner Ohren, wunderschöne Ohren, klein, fein gezeichnet, ein Meisterwerk an Präzision; zwei Schneidezähne, die etwas über dem Unterkiefer standen. Ich schätzte ihn auf fünfundvierzig. Wenn er redete, dann auch mit den Händen. Sie gingen auf- und abwärts, bildeten Kreise, schattige Alleen. Dann plötzlich hingen sie durch, streiften die Tischplatte, ruhten sich kurz aus, erstarben für einige Minuten, um anschließend umso lebhafter wieder aufzuerstehen.

Plötzlich war er wieder ganz da. Die Augen wurden wieder wachsam, die Finger waren bereit, die Luft zu zerteilen, seine Miene war ganz auf den Gesprächspartner konzentriert. Ich zuckte unwillkürlich zusammen. Ein Mann in diesem Zustand war zu allem fähig.

»Sie wollten ihn also einladen? Zu einer Party?«

»Nein, ins Restaurant. Ich … ich habe nicht viele Freunde hier. In meiner Heimatstadt schon, aber hier in Paris, vor allem in diesem Umfeld, ist es kompliziert.«

Er nickte. Er verstand, was ich meinte. Er fühlte mit mir. Er erahnte die Gemeinsamkeiten zwischen Mathieu und mir, doch er lehnte sie zum Teil ab. Er war davon überzeugt, dass sein Sohn ein viel interessanteres Auftreten hatte, dass er klüger, schöner und redegewandter war – kurzum: dass er eine vielversprechendere Zukunft gehabt hätte. Er war drauf und dran, wieder wegzutreten, doch er kämpfte dagegen an, das sah ich in seinem Gesicht, die Falte auf der Stirn wurde tiefer, die Nasenflügel bebten, ich hörte den Satz in seinem Kopf: »Nein, nicht jetzt, nicht jetzt.« Er hat gewonnen. Denn er blieb da.

»Das war nett von Ihnen.«

»Nicht unbedingt, nein. Ich hätte damit auch mir einen Gefallen getan.«

Ein kurzes Lächeln huschte über sein Gesicht. Er freute sich, dass ich so ein heller Kopf war. Ein dicker Pluspunkt für mich. Er hatte doch gut daran getan, den ganzen Nachmittag in diesem Café zu sitzen, um auf die Rückkehr der Studenten zu warten, die nicht aufgetaucht waren, weil sie so viel anderes zu tun hatten, Hausarbeiten schreiben, Kommentare, Aufsätze, alles Dinge, die bis vor einer Woche auch Mathieus Welt gewesen waren. Er war trotzdem sitzen geblieben, er hatte sich vorgenommen, noch eine halbe Stunde zu bleiben, dann eine Stunde ... denn was wartete schon auf ihn, ein sauberes und unpersönliches Hotelzimmer im neunten Arrondissement, mit der Aussicht auf einen weiteren Abend, an dem er versuchen würde, das Unfassbare zu entwirren, alles zu verstehen. Das war zu einer Obsession geworden, seit er letzten Donnerstag den Anruf vom Lycée erhalten hatte. Natürlich war er direkt danach in ein schrecklich tiefes Loch gefallen, doch dann hatte ihn ein Überlebensinstinkt wieder nach oben gezogen, in den Alltag, er hatte an seine Tochter gedacht, an seine Exfrau, an seine neue Freundin, er hatte beschlossen, dass noch nicht alles tot war, und wollte nun eine Erklärung finden, eine

Rechtfertigung. Er hatte bereits alle Plattitüden über Selbstmord gehört: »Man wird nie wirklich wissen, was ihm in diesem Moment durch den Kopf ging.« Oder: »Dafür gibt es keinen Verantwortlichen, der einzig Verantwortliche ist der, der die Tat begangen hat.« Oder: »Es wird für immer im Dunkeln bleiben.« Das mochte ja vielleicht auf andere zutreffen, aber nicht auf Mathieu, nein. Im Falle von Mathieu war es schlichtweg unmöglich, er hatte diese Lebensfreude, ein sonniges Gemüt, ausgezeichnete Noten, sämtliche Türen standen ihm offen, für ihn standen alle Ampeln auf Grün. Mathieu musste einen guten Grund gehabt haben. Und er, sein Vater, war hier, um diesen Grund herauszufinden. Inmitten dieser jungen Leute, die allem Anschein nach vernünftig und gebildet waren, zukünftige Spitzenmanager, Universitätsprofessoren, Politiker, Journalisten, Leute, die an den Schalthebeln der Macht und der Gegenmächte sitzen würden, in diesem Milieu, in dem auch Mathieu seinen Platz gefunden hätte. Der Arzt hatte ihn für einen Monat krankgeschrieben, natürlich mit einer Option auf Verlängerung, aber nur einmal, denn die Arbeit war eine Möglichkeit, einen solchen Schicksalsschlag zu überwinden, sich mit anderen Dingen zu beschäftigen. Patrick Lestaing hatte den Arzt mit trübem Blick angeschaut und ihn leise gefragt, ob er schon einmal so ein Martyrium durchgemacht hätte – den Selbstmord eines seiner Kinder. Da war der Arzt verstummt. Nach einigen Sekunden des Schweigens hatte er gemurmelt, dass er die Krankmeldung natürlich verlängern würde, solange Patrick Lestaing sich nicht in der Lage fühlte, die Arbeit wiederaufzunehmen.

Patrick Lestaing hatte sein Konto leergeräumt – fast

alles, was ihm nach der Scheidung noch geblieben war. Die Hälfte des Geldes hatte er auf das Bankkonto seiner Tochter überwiesen. Die andere Hälfte wollte er hier in Paris ausgeben, in Mittelklassehotels, und die Kommilitonen seines Sohnes in Cafés freihalten.

Er hatte ohne Punkt und Komma geredet. Ich riss derweil die Zuckerpapierchen in immer kleinere Fitzelchen. Ich blickte nicht auf. Ich studierte die Plastiktischdecke, die kleinen Flecken, die von gebrauchten Kaffeelöffeln stammten, und das Konfetti, das ich gerade produziert hatte.

»Ich langweile Sie zu Tode, nicht wahr?«

»Aber nein. Nein, ich höre Ihnen zu, das ist alles.«

»Versprechen Sie mir, dass Sie es mir sagen, wenn ich Sie anöde. Aber ich könnte stundenlang über Mathieu reden, wissen Sie … Klar, die Leute hier kannten ihn nicht, deshalb ist es eher abstrakt für sie. Für Sie zwangsläufig auch.«

»Ich war der Erste, der die Treppe hinuntergelaufen ist.«

»Ja, das hat man mir gesagt. Das hat mich gerührt. Sie … Sie waren aber gar nicht in seiner Klasse, richtig?«

»Ich habe seine Stimme erkannt. Als er Clauzet dieses Schimpfwort zurief. Und dann, als er geschrien hat. Ich habe sofort gewusst, dass er es war. Da bin ich zur Tür hinausgerannt, aber es war natürlich schon zu spät. Davor habe ich Angst. Dass ich immer zu spät komme.«

Patrick Lestaing legte seine Hand auf meinen Arm. Ich bekam erneut eine Gänsehaut. Dreimal schon. Dreimal in einer Woche. Hautkontakt. Meine Mitmenschen fanden den Weg zu meiner Haut. Noch ein bisschen mehr davon, und ich würde mich wieder lebendig fühlen.

Ich dachte an meine Eltern. Wie oft hatte ich mir nicht

schon gewünscht, sie austauschen zu können, weil ich lange Zeit davon überzeugt war, dass alles ein Versehen war, dass ich adoptiert worden war, dass im Krankenhaus eine verhängnisvolle Verwechslung stattgefunden hatte – doch wenn ich mich im Spiegel betrachtete, war die Ähnlichkeit mit meinen Eltern unverkennbar. Ich hatte die leichte Hakennase meiner Mutter, die dunkelbraunen Augen meines Vaters und auch seine Gesichtsform. Plötzlich verspürte ich den Drang, meine Eltern anzurufen, um ihnen zu sagen, dass sie in Gefahr waren, dass sie ihren jüngsten Sohn auch verlieren könnten, doch sie hätten nichts kapiert. Denn ich selbst kapierte ja auch kaum etwas. Ich wusste nur, dass ich sie an diesem Abend gern gegen Patrick Lestaing ausgetauscht hätte. Weil ihm so viel an seinem Sohn lag. Weil er versuchte, die Geheimnisse zu lüften. Und weil er so ratlos war.

»Wollen Sie mir nicht ein bisschen von ihm erzählen?«

Ich hatte keine Lust, nach Nanterre zurückzufahren. Mich in mein Studentenzimmer zu setzen, in dem Wohnheim mit den improvisierten Feten in den Nachbarbuden, zu denen ich nie eingeladen war, mit Pulverkaffee, dem braunen Kochtopf, dem Schimmel in den Ecken der Dusche. Ich war zu allem bereit, nur um noch zu bleiben – ein wenig, von Herzen, mit Schmerzen – oder auch so lange, bis das Lokal zumachte, und dann auch den Rest der Nacht mit dem Vater zu verbringen, der eigentlich mir zugestanden hätte.

Doch Patrick Lestaing driftete wieder ab. Mutlosigkeit machte sich in mir breit. Ich konnte mein Leben nicht ändern. Ich musste auf den eingefahrenen Gleisen bleiben. Ich ließ mich führen. Jede Rebellion wäre zwecklos. Jedem seine

Umgebung, jedem seine Passiva, jedem seine Toten. Ich erhob mich. Patrick Lestaing schreckte unvermittelt aus seiner Trance auf. Er griff nach meinem Arm und murmelte: »Sehen wir uns wieder?«

Ich zuckte mit den Schultern. »Ja, natürlich.«

»Wann?«

»Wann Sie wollen.«

»Morgen? Achtzehn Uhr, hier? Das ist eine Verabredung. Sie werden mir helfen, nicht wahr? Ich weiß, dass Sie mir helfen werden.«

Draußen hatte der Oktober zu seinen normalen Temperaturen zurückgefunden. Innerhalb weniger Tage war es um zehn Grad kälter geworden. Der Sommer war definitiv vorbei. Er hatte sich letztendlich weniger grausam gezeigt als der Herbst. Unten an der Avenue gab es eine Telefonzelle. Ich wählte die Nummer von Paul Rialto.

Wir trafen uns am Ufer der Seine. Ich war bis zu diesem Abend nie dort spazieren gegangen. Von Paris kannte ich nur die RER-Strecke nach Nanterre, die Gegend um den Bahnhof Saint-Lazare und dann noch Beaubourg, wo ich manchmal in die Bibliothek ging und hin und wieder weiter zu Les Halles. Zwei oder drei Mal war ich auch auf dem Boulevard Saint-Michel gewesen, um dort preisgünstige Exemplare von Büchern zu finden, die zu unserer Pflichtlektüre gehörten. In der Nähe des Eiffelturms war ich noch nie gewesen, auch nicht auf dem Montmartre oder auf den Champs-Élysées. Ich begnügte mich damit, sie aus der Ferne zu bewundern. Doch eines Tages, wenn ich mal Zeit haben würde, wollte ich einen auf Tourist machen.

Sie sind schön, die Uferpromenaden entlang der Seine.

Paul wunderte sich, dass ich noch immer meine Schulmappe mit mir herumtrug. Ich überlegte kurz, ob ich ihm erzählen sollte, was ich seit dem Unterrichtsende erlebt hatte, doch dann ließ ich es bleiben. Ich hatte keine Lust, Armelle zu erwähnen, und Patrick Lestaing wollte ich auch für mich behalten. Ich hatte das dumpfe Gefühl, dass jeder versuchen würde, mir auszureden, mich erneut mit ihm zu treffen, und mir war nicht danach, mich rechtfertigen zu müssen. Ich wollte keine Ratschläge. Ich war alt genug, um zu wissen, was ich tat.

»Ich war gar nicht zu Hause. Ich habe … ach, ich weiß nicht, was ich gemacht habe. Ich bin ein bisschen durch die Straßen gegangen, habe einen Kaffee getrunken.«

»Warum hast du mich angerufen?«

»Muss ich dafür einen Grund haben? Ich hatte eben Lust, reicht das nicht?«

»Fühlst du dich einsam?«

»Nein. Oder … doch. Ich … ich fühle mich etwas verloren. Mir war nicht danach, die S-Bahn zu nehmen und nach Nanterre in meine Studentenbude zu fahren.«

»Du kannst bei mir schlafen, wenn du möchtest.«

»Nein, Paul. Das habe ich nicht gemeint … Ich habe dich nicht angerufen, um … Jetzt komme ich mir wie ein Bittsteller vor, das ist schrecklich.«

»Mein Angebot war ernst gemeint. Ehrlich gesagt glaube ich, es ist das erste Mal, dass ich jemanden zu mir nach Hause einlade.«

»Ach was!«

»Doch, glaub mir. Ich habe nicht viele Freunde. Wenn ich es mir recht überlege, dann habe ich keinen einzigen.«

»Hör auf, Paul. Ich sehe doch, dass du ständig belagert bist.«

»Davon rede ich ja. Von der Einsamkeit des Monarchen.«

»Ha, glaub nicht, dass ich aus Mitleid gleich in Tränen ausbreche!«

»Verlange ich auch gar nicht. Doch im Grunde haben wir beide mehr gemeinsam, als du vielleicht denkst.«

»Das sehe ich ehrlich gesagt anders, Paul.«

»Warum glaubst du dann, dass ich sofort bereit war, mir mit dir zusammen hier auf der Uferpromenade Frostbeulen zu holen?«

»Tut mir ja sooo leid.«

»Komm, wir gehen zu mir. Meine Eltern sind gerade in

Irland oder Spanien, ich weiß nicht mehr genau. Sie kommen nicht vor morgen oder übermorgen zurück. Wie wär's, wenn du mir Gesellschaft leistest? Siehst du? Jetzt bin *ich* der Bittsteller.«

Hier draußen wirkte Paul ganz anders als im Lycée, auch körperlich. Weniger beeindruckend. Ließ manchmal die Schultern hängen. Wirkte fast zerbrechlich. Ich konnte es nicht fassen, dass ich mit ihm zusammen war und wir den Boulevard Saint-Michel hinaufgingen, während sich die Nacht auf die Stadt herabsenkte. Im Universum hatte sich etwas bewegt. Mein Planet hatte seine Umdrehung vollendet. Das war ein schönes Gefühl, obschon mir klar war, dass aus mir nie ein Stern werden würde – nicht mal eine Sternschnuppe. Damit konnte ich leben. Ich fühlte mich terrestrisch ganz wohl.

Paul wohnte in einer zweihundert Quadratmeter großen Wohnung am Jardin du Luxembourg. Ich hatte nicht mal gewusst, dass man hier wohnen konnte. Ich dachte, in diesen imposanten Gebäuden aus Quadersteinen gäbe es nur halbleere Büros, Briefkastenadressen von Maklerfirmen oder fiktive Filialen von internationalen Banken. Was die Oberschicht betraf, so kannte ich lediglich ihre Vertreter in der Provinz – Notare, die seit Generationen in prunkvollen, mit Efeu bewachsenen Villen residierten, Fachärzte, die protzige Autos fuhren, Versicherungsmakler, die sich in ihrem Garten einen Swimmingpool leisteten. Richtig wohlhabende Menschen vom Schlag wie Pauls Eltern – Leute, die nur aus dem Fenster zu blicken brauchten, um die Bäume im Jardin du Luxembourg zu sehen – hatte ich noch nie getroffen. Leute, die sich, wenn sie sich von der Welt zurückziehen wollten, in ihrer Wohnung in einen Raum namens Bibliothek setzten, in dem Kunstschätze aus aller Welt zu bewundern waren. Ich blieb unter der Tür zu diesem Raum stehen und bekam den Mund nicht mehr zu. Mir wurde fast schwindlig. Paul schien das eher zu nerven.

»Neidisch?«

»Ein bisschen schon.«

»Es hat meinen Bruder nicht daran gehindert, alles hinzuschmeißen.«

»Aber davor hat er es sicher genossen.«

»Ich glaube, er hätte lieber deine Eltern gehabt als seine.«

»Meine Eltern sind in einem Buchclub, *Grand Livre du mois*, weil der Vertreter, der ihnen das Abo aufgeschwatzt hat, ein Cousin meines Vaters ist. Alle drei Monate bekommen sie einen Roman zugeschickt. Sie wissen absolut nicht, was sie damit anfangen sollen, und deshalb haben sie sich eine Glasvitrine aus Kirschbaumholz gekauft, in die sie jedes neue Buch einsperren, sobald es eintrifft. Ich habe ihnen schon mehrfach vorgeschlagen, sich das Geld doch zu sparen, aber sie haben Angst und sagen, es sei bestimmt sehr kompliziert, das Abonnement zu kündigen, eine Menge Papierkram, und außerdem könne es nicht schaden, Bücher im Haus zu haben, wenn man einen Literaturstudenten in der Familie hat, nicht wahr?«

»Schämst du dich für sie?«

Dieser Satz explodierte in dem einsamen Luxusappartement. Ich wich seinem Blick aus.

»Nicht, wenn ich bei ihnen bin. Aber wenn ich hier bin,

schon. Im Unterricht. Ich denke daran, dass es so vieles gibt, was sie nicht wissen. So vieles, was uns mittlerweile trennt. Ich … ich habe nicht geahnt, dass es so kommen würde, als ich mich für mein Studium entschieden habe. Ich wusste nicht, was für eine Kluft sich zwischen uns auftun würde. Manchmal weiß ich nicht mehr, wo ich stehe. Ich weiß nicht mal mehr, worauf ich Lust habe.«

»Meinst du, Mathieu ist es ähnlich ergangen?«

»Nein, nicht wirklich. Seine Eltern interessierten sich für das, was er machte. Ich glaube sogar, dass sein Vater ihn zum Besuch der Vorbereitungsklassen überredet hatte.«

»Dann muss er sich heute schrecklich schuldig fühlen.«

»Kann gut sein.«

Das Gesicht von Patrick Lestaing im 747. Seine Geistesabwesenheit. Seine Lippen, die sich bewegten, ohne einen Laut herauszubringen.

»Macht es dir etwas aus, im Zimmer meines Bruders zu schlafen?«

»Nein, natürlich nicht. Diese Frage müsste ich eher dir stellen.«

»Ich würde mich freuen, wenn es von Zeit zu Zeit bewohnt wäre.«

»Ich weiß nicht, ob es deinen Eltern recht wäre, wenn ich mich in eurer Wohnung einniste.«

»Meine Eltern werden nichts sagen, das verbietet ihnen ihre gute Erziehung. Und außerdem würde es mich diebisch freuen, meine Mutter blass werden zu sehen, wenn sie merkt, dass ein Freund ihres Sohnes bei uns übernachtet hat.«

»Ich verstehe nicht ganz …«

»Meine Mutter ist davon überzeugt, dass ich schwul bin.«

»Willst du das nicht richtigstellen?«

»Nein, denn sie hat recht.«

Wir standen noch immer Seite an Seite in der Tür zur Bibliothek. Die Straßenlaternen des Boulevards Saint-Michel spiegelten sich in den Fenstern. Ich zuckte mit keiner Wimper. Ich wunderte mich nur, dass ich nicht überraschter war. Noch mehr wunderte mich, dass ich kein bisschen zurückgezuckt bin, was man bei einem solchen Geständnis vermutlich meist instinktiv tut. Paul hat mich sofort beruhigt.

»Keine Angst, ich habe nicht vor, dich zu verführen.«

»Ich habe keine Angst. Ich könnte eher beleidigt sein, weil du mich eines sexuellen Abenteuers nicht für würdig hältst.«

»Das habe ich nie gesagt. Weißt du, es ist so: Wenn man sich zu Menschen des gleichen Geschlechts hingezogen fühlt, entwickelt man Antennen, man spürt, wer auch so ist, man erkennt sie.«

»Und bei mir ist das nicht der Fall?«

»Nein. Du sendest keinerlei Zeichen aus. Weder in die eine noch in die andere Richtung übrigens. Vermutlich hatte ich deshalb Lust, mit dir zu reden.«

»Nein, Paul. Du hast mich angesprochen, weil Mathieu gesprungen ist.«

»Sagen wir, dass das aufschlussreich war. Denn bei Mathieu habe ich es gespürt.«

»Wie bitte?«

»Du weißt genau, was ich damit sagen will.«

Es hat lange gedauert, bis ich an diesem Abend einschlafen konnte. Ich ließ das Licht an und betrachtete die kahlen Wände des Zimmers von Pauls Bruder. Die leeren Regale. Die neutrale Tapete – ein sehr helles Beige mit einigen blauen Flecken. Paul hatte mir erklärt, dass das Bett immer frisch gemacht war. Seine Mutter hatte beschlossen, dass es nun ein Gästezimmer war. Nur dass bisher niemand hier geschlafen hatte. Im Laufe der Zeit sei das Zimmer immer mehr zu einem Leichenschauhaus geworden. Er hatte gelacht. Und hinzugefügt, es sei nicht sehr klug von ihm, so zu reden, jetzt sei mir bestimmt nicht mehr danach, hier zu übernachten. Ich habe mit den Schultern gezuckt. Paul konnte natürlich nicht wissen, dass alle Zimmer im Studentenwohnheim in Nanterre Leichenschauhäuser waren – und wesentlich weniger komfortabel. In der Nacht bin ich aufgestanden, um den Blick aus einem der Fenster des Salons zu genießen. Der Jardin du Luxembourg, nachts. Die Autos, die über den Boulevard Saint-Michel fuhren. Ich konnte Pauls Bruder nicht verstehen. Ich wusste, dass ich ihn nie verstehen würde.

Das Leben verlief im Sauseschritt und gleichzeitig in Zeitlupe.

Die Bewegungen wirkten schwerfällig, die Blicke träge und die Wörter zähflüssig; und doch reihte ich Treffen und Rendezvous aneinander und redete an einem einzigen Tag mit mehr Leuten als sonst in einem ganzen Jahr, noch mehr als früher in meiner Heimatstadt am Gymnasium. Ich wurde zu einer Vertrauensperson, einem Geheimnisträger, zum zukünftigen Schriftsteller von Romanen, die im Paris der achtziger Jahre spielen. Ich war begehrt. Und das überraschte mich immer wieder. Ich begriff nicht, was die Leute an mir fanden – oder ehrlich gesagt doch, ich war mir dessen nur zu gut bewusst. Man fand mich interessant, weil ich der Freund des Opfers gewesen war.

Am Morgen nach meiner Nacht bei Paul einigten wir uns darauf, dass das Zimmer seines Bruders mein Zimmer war, wann immer ich wollte. Ich hatte ein bisschen Angst vor der Reaktion seiner Eltern, doch Paul wischte meine Zweifel mit einer Handbewegung beiseite. Ich hatte nichts zum Umziehen dabei und auch nicht die Zeit, noch schnell nach Nanterre zu fahren. Also gab Paul mir ein weißes Hemd und schwarze Strümpfe – und betonte, er wolle mir die Sachen *geben* und sie keinesfalls zurückhaben. Unterwäsche lehnte ich lächelnd ab. So weit wollte ich dann doch nicht gehen. Mich aushalten zu lassen, dazu war ich bereit, aber wenn schon Hure, dann wenigstens eine mit Prinzipien.

Die ersten Kurse an diesem Morgen haben wir geschwänzt, weil ich unbedingt noch im Salon frühstücken wollte. Wir kamen erst um zehn Uhr ins Lycée, gemeinsam. Die Schüler des ersten und zweiten Vorbereitungsjahres sahen uns plaudernd die Treppe heraufkommen. Paul sprach von einem kürzlich erschienenen Buch, das er gelesen hatte, einem interessanten Roman über eine Nacht, die die Shelleys und Lord Byron in den Schweizer Bergen verbrachten, und in deren Verlauf Mary Shelley ihre Idee zu *Frankenstein* hatte. Wir kamen gerade auf dem oberen Treppenabsatz an, als Paul noch hinzufügte, er würde mir das Buch am Abend leihen. Alle starrten uns an, versuchten es aber natürlich zu verbergen. Als ich in mein Klassenzimmer gehen wollte, hielt Armelle mich am Arm fest.

»Kannst du mir das erklären?«

»Was soll ich dir erklären?«

»Paul Rialto und du?«

Ich runzelte die Stirn.

»Bedaure, ich weiß nicht, was du meinst.«

»Ach, nichts. Lassen wir es. Sehen wir uns heute Abend?«

»Nach dem, was gestern war, dachte ich, dass …«

»Vergiss es. Ich war nicht gut drauf. Verzeihst du mir?«

»Jetzt bin ich derjenige, der nachdenken muss.«

»Dafür hast du bis heute Abend Zeit. Nach dem Unterricht also?«

»Nein. Ich kann nicht.«

»Bist du schon verabredet?«

»Ja. Wie wär's mit morgen? Morgen ist Samstag. Aber da hast du sicher schon was vor, oder?«

»Kann ich noch absagen. Kino?«

»Kino und mehr?«

»Mal sehen.«

Plötzlich wollten alle mit mir reden. Mit mir, dessen Leben bisher aus Selbstgesprächen bestanden hatte, aus schriftlichen Interpretationen, Textauslegungen, Aufsätzen mit These-Antithese-Synthese, nicht zu Ende geführten Anmerkungen. Manchmal wurde es mir fast zu viel. Vermutlich auch aus diesem Grund genoss ich die Gesellschaft von Patrick Lestaing. Bei ihm musste ich nicht schlagfertig sein, den treffenden Ausdruck finden und keine endgültigen Schlüsse ziehen. Zeitweise zog er sich innerlich zurück, dann war Ebbe, und ich konnte am Strand der Sätze spazieren gehen, die wir ausgetauscht hatten, die Spuren im Sand betrachten, bevor sie weggespült wurden, den Geräuschen des Windes lauschen, das Gesagte noch einmal überdenken.

An diesen Abend hatte er woanders hingehen wollen. Er ertrug das 747 nicht mehr, den langen Tresen, die Enge des Hinterzimmers, die Gespräche der Büroangestellten. Ihm war nach etwas Luxus, dezentem Flüstern und Klaviermusik im Hintergrund, nach Eiswürfeln, die in unseren Gläsern klirrten. Er wollte in einem tiefen, weichen Sessel versinken und für kurze Zeit die Außenwelt vergessen, die noch im Dunkeln liegenden kommenden Jahre. Nur in sanften, goldbraunen Erinnerungen schwelgen. Dem toten Sohn ein Mausoleum errichten. Und dafür brauchte er mich. Mein Zuhören. Mein Nachfragen. Ich war genau das, was er brauchte – ich war keine gefestigte, starke Persönlichkeit, ich konnte mich zurücknehmen, und außerdem musste ich in den Augen, im Mund und in der Stimme etwas haben, das anderen Vertrauen einflößte. Ich eignete mich allem Anschein nach zum Beichtvater.

Am Anfang des Gesprächs tat er so, als würde er sich für mich interessieren. Er stellte mir Fragen, ohne meinen Antworten jedoch große Beachtung zu schenken. Er ließ sich von seinen eigenen Worten leiten, er suchte Mathieu an einem Ort auf, den ich lieber nicht betreten wollte. An diesem Abend fragte er mich, wofür ich mich am meisten begeisterte – und es fiel mir sehr schwer, darauf eine Antwort zu finden. Bevor ich nach Paris gekommen war, hatte ich mich für zeitgenössische Literatur interessiert, die Neuerscheinungen im Herbst, die jungen Autoren. Ich hatte Tennis und Basketball gespielt. Und gern angelsächsische Musik gehört. Doch das alles war nach und nach absorbiert worden vom Kampf ums Überleben, dem permanenten Schreiben von verschiedenen Hausarbeiten, die rechtzeitig fertig sein mussten, um in diesem lebensfeindlichen Milieu weiterexistieren zu können. Ich hatte meine sämtlichen Hüllen abgelegt. War entblößt bis zum Kern. Im Übrigen hatte ich sechs Kilo abgenommen und trug nun eine Hosengröße weniger. Meine Mutter machte sich Sorgen, doch ich hatte ihr erklärt, es läge daran, dass ich regelmäßig Sport treibe. Ich hatte ihr vorgeschwindelt, ich würde für Langstreckenläufe trainieren. Das hatte sie beruhigt. Eine gute Sache. Er lüftet seinen Kopf aus, sagte sie sich. Ein gesunder Geist in einem gesunden Körper. Damit war das Thema für sie erledigt gewesen.

Ich gab mir große Mühe, auf Patrick Lestaings Fragen zu antworten – ich hatte noch nicht begriffen, dass meine Antworten völlig unwichtig waren. Er brauchte nur einen Aufhänger. Und kaum hatte ich ihm ein paar Worte zum Fraß vorgeworfen, da setzte er schon zur Fackelabfahrt an. Mathieu hatte jede Menge Interessen gehabt. Mathieu begeisterte sich für vieles, manchmal vielleicht etwas zu schnell. Mathieu konnte andere mitreißen. Sie sahen ihn als Leitstern, als Kometen. Sie sonnten sich in seiner Ausstrahlung. Vor zwei Jahren, als das Verbot von Piratensendern gelockert wurde, hatte er frohlockt. Er hatte beim Abenteuer der ersten Sender mitmachen wollen, die in Blois gegründet wurden. Es war ihm gelungen, einen der Verantwortlichen davon zu überzeugen, ihn für ein Jahr mit der Verantwortung für eine wöchentliche Kultursendung zu betrauen, in der es um Bücher, Filme, Schallplatten, Comics ging, da war er nicht sektiererisch. Obwohl die Sendung recht erfolgreich war, hörte Mathieu nach einem Jahr damit auf. Da hatte er bereits neue Ambitionen. Eine Schülerzeitung für die Oberstufe, deren Chefredakteur er werden wollte. Er war mit einigen Freunden zu den örtlichen Druckereien gegangen, sie hatten sich Kostenvoranschläge geben lassen, die Rendite berechnet und sich von amüsierten Eltern Kredite geben lassen. Dank guter Absatzzahlen konnten sie das Geld zurückzahlen und sich obendrein alle zusammen einen Urlaub am Meer leisten.

Ich ließ mich vom Rhythmus der Sätze und der Gestalt des Helden einlullen – doch es gelang mir nicht, die Geschichte so ganz zu glauben. Das wenige, was ich über Mathieu Lestaing wusste, deckte sich nicht mit dem, was mir da erzählt wurde. Ich sah das Zittern seiner Hände wieder vor mir, wie ungeschickt er die Zigarette hielt. Wo waren sie, diese Freunde, die von den schulischen Leistungen Mathieus so fasziniert waren? Wo waren seine überschäumende Energie, sein Kampfgeist geblieben? Ich erwähnte das Wort »Scheidung«. Augenblicklich verebbte der Wortschwall meines Gegenübers.

»Er hat Ihnen davon erzählt?«

»Ein bisschen.«

»Was hat er gesagt?«

»Nichts Wichtiges. Eigentlich nur die Fakten.«

Ein tiefer Seufzer. Und die willkommene Rückkehr des Schweigens, zumindest für einige Augenblicke. Patrick Lestaing zog sich wieder in seine innere Welt zurück. Zum ersten Mal an diesem Abend hörte ich das Piano im Nebenzimmer. Wir waren in einem der Salons eines Viersternehotels, beim Bahnhof Saint-Lazare. Draußen auf den großen Boulevards drängelten sich die Fahrzeuge, doch an den doppelverglasten Fenstern prallte der Lärm der Stadt ab. Hier drinnen gab es nur Teppichböden, Vorhänge und leise Unterhaltungen. Ich nippte an meinem weißen alkoholischen Getränk, dessen Namen ich nicht kannte.

Was für ein Leben!

Konnte man sein Leben auf diese Weise verbringen, abgeschieden von der Welt, in einem Niemandsland des Komforts und der Wärme, und den anderen dabei zuschauen, wie sie sich abmühten, einen Sinn für ihr Leben zu finden?

»Meine Frau denkt, es sei deswegen passiert. Wegen uns. Wegen der Trennung. Wir … Unsere Ehe lief natürlich schon seit Jahren nicht mehr sehr gut, aber wir wollten zusammenbleiben, bis die Kinder alt genug sein würden …

Eigentlich wollten wir noch ein paar Jahre länger durchhalten, bis beide mit ihrer Ausbildung fertig wären. Nicht, dass wir uns gehasst hätten oder so, aber wir hatten seit längerem keine körperliche Beziehung mehr gehabt. Wie die meisten Paare, die von jungen Jahren an zusammen sind und sich irgendwann satthaben. Wir waren beide etwa in Mathieus Alter, als wir uns ineinander verliebt haben, Sie verstehen. Für Sabine, Mathieus Schwester, war die Trennung kein Problem, sie ist zweiundzwanzig und hat schon einen Beruf. Sie ist verlobt und spricht bereits von Kindern. Ich dachte, für Mathieu wäre es auch kein Problem. Er war in der letzten Klasse, das war natürlich nicht ideal für sein Abitur, klar, aber er war reif genug, um zu begreifen, worum es ging. Und außerdem gibt es heutzutage ja immer mehr Scheidungen, nicht wahr? Das ist kein Grund, um … für das, was er getan hat. Vor allem, weil er sehr viel außer Haus war, mit Freunden unterwegs, seine Hobbys hatte, und da … Bei der Scheidung war ich der Buhmann. Ich hatte mich in eine andere Frau verliebt, die nicht viel jünger ist als meine Ehefrau. In eine Frau, mit der ich wieder Lust hatte, Pläne zu schmieden, frohen Herzens der Zukunft entgegenzusehen, und zu der ich am Abend wieder gern nach Hause kam … Jedenfalls bin ich dann ausgezogen. Im Oktober letzten Jahres. Ja, ich weiß, im Oktober. Deshalb macht meine Frau mir nun Vorwürfe, sie gibt mir alle Schuld, das deutet sie zumindest an. Sie behauptet, dass er zwangsläufig an uns gedacht hat, an das, was wir verbockt haben, an seine Kindheit und diesen Quatsch mit dem verlorenen Paradies. Offenbar hat er ›Idiot‹ gerufen, bevor er gesprungen ist. Sie glaubt, das sei auf mich gemünzt gewesen. Denken Sie das auch?«

»Nein, damit kann er nur Clauzet gemeint haben.«

»Das sage ich mir auch, aber …«

»Wenn er an Ihre Frau und an Sie gedacht hätte, wäre er nicht gesprungen. Er hat keine einzige Sekunde nachgedacht. Denn sonst wäre er die Treppe hinuntergelaufen, hätte die Tür hinter sich zugeschlagen, wäre nach Blois zurückgefahren und hätte das Thema Lycée ein für alle Mal abgeschlossen.«

»Das ist nett von Ihnen. Das hilft mir sehr, wissen Sie.«

»Ich glaube, der Idiot war vor allem er selbst.«

»Wie bitte?!«

»Clauzet hat ihn dazu gebracht, sich wie der letzte Idiot zu fühlen. Clauzet hat sich eigentlich nur verhalten wie der Idiot, der er ist. Doch ich bin davon überzeugt, dass Mathieu mit dem Schimpfwort sich selbst gemeint hat, als er aus dem Zimmer rannte. Clauzet hat seine geheimsten Ängste in Worte gefasst.«

Ich fabuliere drauflos. Ich schmücke aus. Ich begreife nicht, wieso ich plötzlich so schulmeisterlich und selbstsicher daherrede. Ich entdecke mein Talent zum Lügen. Zum Romanschriftsteller. Mathieu ist gerade zu meiner Romanfigur geworden. Ich tauche in seine Gedanken ein. Und es ist seltsam amüsant – bis zu dem Moment, als ich den Blick von Patrick Lestaing auffange, der nun kein bisschen geistesabwesend mehr wirkt. Sondern im Gegenteil schrecklich präsent. Ich habe einen wunden Punkt berührt. Er hat feuchte Augen. Ich erlebe es zum ersten Mal. Ich merke, welche Schäden ich anrichten kann. Ich gerate in Panik. Ich stottere, dass das natürlich nur Vermutungen sind, ohne jede Grundlage, total absurd. Ich rudere zurück.

Ich entschuldige mich. Patrick Lestaing sagt mit gebrochener Stimme, das sei nicht nötig. Es könne durchaus sein, dass ich recht habe, und in diesem Fall, ja, seien sie verantwortlich, seine Mutter und er, sie hätten ihn falsch erzogen, ihm nicht genügend Selbstbewusstsein gegeben, kein Vertrauen in seine Fähigkeiten, sie hätten zu viel Gewicht auf das gelegt, was nicht ging, was fehlte, und nicht genug auf all das Glück, das er ihnen schenkte.

»Hören Sie, es tut mir leid, wirklich. Das sind Dinge, die mich nichts angehen.«

»Nein, nein. Es tut mir gut, mit Ihnen zu reden. Es hilft mir, die Sache etwas klarer zu sehen. Glauben Sie, ich wüsste nicht, was das alles auch für Sie bedeutet? Ich ... ich bin Ihnen sehr dankbar.«

»Das brauchen Sie nicht.«

»Ich werde jetzt ins Hotel zurückgehen. Seien Sie mir nicht böse. Ich brauche etwas Zeit. Und ich muss schlafen. Und meine Medikamente nehmen. Aber wir sehen uns morgen doch wieder, oder? Nein, morgen ist Samstag, da muss ich nach Blois zurück. Ich ... ich wollte gerade umziehen, als es passiert ist. Im Januar will ich ein neues Leben anfangen, in Bordeaux. Neue Arbeitsstelle, neue Partnerin. Jetzt ist alles in der Schwebe. Ich weiß nicht mehr, was ich kann und wozu ich Lust habe. Zum Glück habe ich meine Älteste. Sie ist diejenige, die ... Immerhin ist sie uns geblieben. Sie ... sie braucht mich sicher noch, nicht?«

Dieses »nicht?« am Ende seines Satzes gab mir den Rest. Meine Mutter unterstreicht ihre Sätze auch mit »nicht?« oder »nicht wahr?«. Sie sucht ständig nach Bestätigung.

Zum ersten Mal habe ich mich gefragt, ob ich später wirklich mal Kinder haben möchte. Ständig beurteilt werden möchte. Die ganze Zeit Angst haben. Angst, mich zu täuschen. Angst um das Leben eines anderen.

Ich stand auf, Patrick Lestaing ebenfalls. Doch statt ihm die Hand zu geben, habe ich ihn umarmt. So blieben wir mehrere Minuten lang stehen, von den Kellnern der Bar beäugt. Ich habe gewartet, bis Patrick Lestaing aufhörte zu weinen. Dann ist er sehr schnell gegangen, mit gesenktem Kopf. Auf der Straße war es kalt. Ich rief Paul an. Er schlief noch nicht. Er hatte auf meinen Anruf gewartet. Er hat keine Fragen gestellt. Seine Eltern waren zurück, hatten sich aber in die Bibliothek zurückgezogen. Wir haben bis spät in die Nacht gearbeitet. Englisch gelernt. Latein. Fremde Sprachen, ob tot oder lebendig, mildern die Realität ab.

November. Dezember. Die großen Geschäfte auf dem Boulevard Haussmann hatten ihre Schaufenster neu dekoriert. Die Passanten blieben stehen und sahen den Verkäuferinnen zu, die weihnachtliche Szenen dekorierten. Spielzeugeisenbahnen drehten inmitten ländlicher Idyllen ihre Runden, Teddybären saßen als Familie an weihnachtlich gedeckten Tafeln. Die blinkenden Lichterketten auf den Straßen gingen mit entwaffnender Regelmäßigkeit an und aus. Mein Leben ebenfalls.

Ich ging an, sobald es Abend wurde – und traf mich abwechselnd mit Patrick Lestaing, Paul und Armelle. Manchmal auch mit anderen Leuten, die wissen wollten, wer ich genau war und wie ich es geschafft hatte, der Freund von Rialto zu werden und der zeitweise feste Freund eines Mädchens, auf das, wie ich erfuhr, auch etliche andere ein Auge geworfen hatten.

Tagsüber erlosch ich. Am Lycée knipste ich mich aus, außer wenn ich im Flur auf Clauzet traf. Dann durchbohrte ich ihn mit funkelnden Blicken und spürte, wie sich meine Eingeweide zusammenzogen. Ich hätte gewettet, dass er nachts manchmal von mir träumte.

Manchmal erlosch ich auch am Abend, ohne jemandem Bescheid zu sagen. Ich hatte gemerkt, dass man interessanter wurde, wenn man sich rarmachte. Einige Verabredungen ließ ich einfach platzen. Ich nahm die S-Bahn und schloss mich in meinem Studentenzimmer in Nanterre ein. Eines

Nachts landete ich auch mal bei einer Studentin der Sorbonne, die ich gerade erst kennengelernt hatte.

Meine Schlafstörungen hielten an. Ich schlief nur drei, maximal vier Stunden. Die chronische Müdigkeit verlieh mir markantere Gesichtszüge, höhlte meinen Bauch aus, machte meine Bewegungen fieberhafter und meine Augen glänzender. Sie machte mich fast attraktiv.

Ich las viel und lernte kaum, ohne dass sich das groß auf meine Noten ausgewirkt hätte. Ich muss allerdings zugeben, dass Paul die Früchte seiner Arbeit oft mit mir teilte und mich wieder auf die Spur brachte, wenn ich abzurutschen drohte.

Zu meinen Eltern fuhr ich nicht mehr – worüber sie sich irgendwann beschwerten.

Patrick Lestaing tauchte auf und verschwand wieder. Wir waren auf der gleichen Wellenlänge. Er fuhr nach Blois zurück, erledigte seine Sachen, kümmerte sich um den Umzug und versuchte, die Stücke eines Puzzles zusammenzusuchen, das unten an der Treppe des Lycée D. zerschellt war. Er kam regelmäßig mit dem Zug nach Paris, inzwischen nur noch, um mich zu sehen. Ich war fast zu seiner Sucht geworden.

Wir verließen regelmäßig unser Hauptthema Mathieu – nachdem wir es mehrfach durchgekaut hatten, nachdem er mir Mathieus Kindheit und Jugend geschildert und alle Fotos gezeigt hatte, die er besaß. Inzwischen wusste ich sehr viel über seinen Sohn. Was für ein Rasierwasser er benutzt hatte. Die Namen seiner Lieblingskünstler. Die Romane, die er gern noch einmal gelesen hätte, wenn er Zeit gehabt hätte. Die Vornamen seiner Freunde und Bekannten in

Blois, die einen Kranz zu seiner Beerdigung geschickt hatten, von denen aber nur wenige die Zeit gehabt hatten zu kommen.

Wir begaben uns auch auf Nebengleise – die geplatzten Träume von Patrick Lestaing, der gern Schauspieler geworden wäre und der in den sechziger Jahren sogar als Statist in einigen Filmen mitgespielt hatte. Ich habe mir einen der Filme angesehen, die er genannt hatte, in einem Kino in der Nähe des Tour Montparnasse, doch ich habe ihn nicht mal erkannt in diesem kitschigen Kostümfilm, in dem ein billiger Rebell die Wachen des Kardinals an der Nase herumführte und hinter jedem Rock her war. Sein Name wurde im Abspann nicht mal aufgeführt.

Mit der Zeit interessierte er sich etwas mehr für mich – sagen wir, dass er nicht mehr systematisch das Thema wechselte, sobald ich mal eine persönliche Meinung von mir gab.

Er versuchte meinen Ehrgeiz anzustacheln – auf keinen Fall in die Provinzstadt zurückkehren, in der ich aufgewachsen bin, mein Glück bei diversen *Concours* versuchen, um in den Staatsdienst zu kommen, Auslandsaufenthalte in Erwägung ziehen und immer neue Abenteuer erleben. Dass ich vorhatte, Romane zu schreiben, und dass mich genau dieses Abenteuer mehr reizte als alles andere, habe ich ihm nie erzählt. Mir war bewusst, dass dieser Teil von mir geheim bleiben musste. Ich würde ihn wie einen Schatz hüten – den Teil, an den die anderen nicht herankommen konnten, auch wenn sie davon überzeugt waren, mich in- und auswendig zu kennen.

Armelle, auch sie, war eine Art blinkende Lichterkette. Zeitweise ging gar nichts, dann wieder durfte ich sie am späten Nachmittag in der luxuriösen Wohnung ihrer Eltern, im vornehmen Viertel Passy, besuchen. Eine oder zwei Stunden lang setzte sie sich über ihre eigenen Verbote hinweg, und ich machte ungeniert mit. Und bevor ihre Eltern zur Tür hereinkamen, war ich wieder weg. Andere Male ging ich ihr auf die Nerven, sie wünschte mich weit weg, dorthin, wo der Pfeffer wächst, hätte mich vielleicht sogar gern tot gesehen. Besonders wenn andere Jungs, wesentlich besser zu ihr passend und aus gutem Haus, hinter ihr her waren. Eines Tages sagte sie mir, dass sie jetzt schon um mich trauere und im Geiste bereits Blumen auf mein Grab lege. Ich war nicht eifersüchtig. Ich fand dieses Hin und Her eher lächerlich. Ich benutzte sie, genauso wie sie mich. Wir blieben uns nichts schuldig.

Paul war die einzige Konstante im Schaukasten meines Lebens. Ich übernachtete mehrmals pro Woche im Zimmer seines Bruders. Seine Mutter war definitiv davon überzeugt, dass wir ein Liebespaar waren, und wir taten nichts, um sie über ihren Irrtum aufzuklären, ganz im Gegenteil. Wenn wir wussten, dass sie uns heimlich belauschte oder beobachtete, fuhr Paul mir manchmal durch die Haare oder küsste mich am Hals. Das störte mich nicht – doch ich begriff nicht, warum seine Eltern mich nicht vor die Tür setzten. Ich war ein Parasit. Ich musste zertreten werden. Paul lächelte. Er sagte, dass sein Bruder sein Schutz war – sie würden auf gar keinen Fall beide Söhne verlieren wollen. Umso mehr als der sexuelle Regelverstoß ihres Jüngsten leichter zu verkraften war als das berufliche und soziale Vergehen ihres Ältesten. Homosexualität war notfalls zu ertragen. Sie wäre nicht einmal ein Hindernis für eine dauerhafte Ehe. Der soziale Abstieg dagegen war ein Weg ohne Wiederkehr.

Der Sohn.

Der Liebhaber.

Die Hure – käuflich.

Ich konnte das verkörpern, was die anderen von mir erwarteten. Ich richtete mich nach ihren Bedürfnissen aus. Ich verfestigte mich zu dem, wonach sie verlangten. Doch trotz allem vergaß ich nie mein Gespräch mit Pierre; ich wusste, dass ich von einem Tag auf den anderen verschwinden – pfft! – und mir eine neue, ganz andere Existenz aufbauen konnte, Hunderte von Kilometern weit weg, Lichtjahre entfernt. Diese Fluchtmöglichkeit war meine Stärke. Und förderte meine Doppelzüngigkeit.

Ich wirkte vertrauenswürdig, dabei hätte ich mir selbst nie über den Weg getraut.

Ende November feierte Paul Geburtstag. Ich half seiner Mutter, alles zu organisieren. Ich habe den Leuten vom Partyservice die Tür aufgemacht. Ich bin ihnen zur Hand gegangen. Ich habe Möbelstücke verrückt. Ich war von einer unglaublichen Diskretion und Höflichkeit. Kurz vor der Ankunft der ersten Gäste schenkte mir Pauls Mutter – um die fünfzig, die dunklen Haare zu einem Knoten zusammengebunden, ein hübsches, ovales Gesicht mit markanten Wangenknochen – ein kurzes Lächeln und murmelte, Paul hätte es schlechter treffen können.

»Ich merke gerade, dass ich nicht einmal weiß, was Ihre Eltern machen.«

»Madame Rialto, das ist auch gar nicht nötig. Paul und ich sind gerade mal zwanzig. Da sind Beziehungen nicht unbedingt von Dauer.«

Sie sah mich einen Moment lang verdutzt an, und ihr Lächeln kehrte zurück.

»Ich sehe, dass Sie einen klaren Verstand haben.«

»Das ist meine größte Stärke, Madame.«

»Dann werden Sie es mal weit bringen.«

Ich habe nichts darauf erwidert. Es hat geläutet. Vor der Tür standen diese gutsituierten jungen Leute, die meine Klasse und die umliegenden herrschaftlichen Stadtwohnungen bevölkerten. Sie konnten mich nicht mehr einschüchtern. Ich konnte mit denselben Klamotten punkten wie sie – auch wenn sie in Wirklichkeit Paul gehörten. Ich kannte ihre Zeichen und ihre Sprache. Ich wurde meiner Rolle absolut gerecht. Konnte mich ihren Gewohnheiten anpassen. Ich hätte mich gern weiter mit Madame Rialto unterhalten. Ihr widersprochen. Ihr erklärt, dass ein klarer Verstand meiner Meinung nach Ambitionen dämpft. Dass man Dinge, von denen man weiß, dass sie hoffnungslos sind, nur mit einer gewissen Gelassenheit angehen kann. Seit einiger Zeit machte ich mir im Geiste Notizen. Nur Details. Ich verlor mich in Details. Der Bezugsstoff eines Sofas, der Faltenwurf eines Vorhangs, die Farbe eines Schals. Das Licht an einem regnerischen Nachmittag auf einer Straße in der Provinz. Die Linie verächtlich heruntergezogener Mundwinkel. Die Dauer eines Blicks. Das Erschlaffen des Fleisches, das Fahlwerden der Haut. Dieses Sammeln von Eindrücken machte mir Spaß. Ich stellte sie mir alle vor, blutig, verrenkt, verwest – eines schönen Tages würden wir alle im gleichen Zustand sein.

Es war eine schöne Party, glaube ich. Ich habe nur sehr wenig getrunken. Ich trank und rauchte überhaupt sehr wenig. Von Zeit zu Zeit zog ich zwar mal an einem Joint, mit Heroin hatte ich aber nichts am Hut. Armelle dagegen nahm mit, was ging. An diesem Abend ist sie relativ früh gegangen, ziemlich am Ende. Ich bot ihr an, sie nach Hause zu bringen, doch sie hatte sich bereits einen Kavalier geangelt. Sie legte mir eine Hand auf die Wange. Sie bot keinen schönen Anblick – abgesehen vom Hintergrund ihrer Iris. Dort, in dem schwarzen Kreis in der Mitte der Pupille, schlummerten sämtliche Sehnsüchte und alle parallel verlaufenden Schicksale. Unter anderen Umständen hätte aus uns ein schönes Paar werden können.

Ich achtete darauf, am Rand der Gruppen zu bleiben. Zusammen mit den Bedienungen sorgte ich dafür, dass alle zufrieden waren. Ohne dass es mir richtig bewusst gewesen wäre, spielte ich die Rolle des Haushofmeisters. Den Vize-Hausherrn. Der Prinz des Hauses warf mir immer wieder amüsierte Blicke zu. Als wir mal für einen Moment in der Küche allein waren, sagte er, ich bräuchte meine Anwesenheit in keiner Weise zu rechtfertigen, ich sei hier, weil ich für ihn wichtig bin, ich hätte es nicht nötig, mich nützlich zu machen. Ich erwiderte, das sei eine soziale Deformation bei mir. Da hat er mich umarmt. Und sich gleich dafür entschuldigt. Ich habe nur mit den Schultern gezuckt. Das alles war nicht wirklich schlimm. Besser, den Teufel in Versuchung führen zu wollen, als über ein Geländer zu springen. Paul kehrte in den Salon zurück. Wenige Minuten später hörte ich sein Lachen. Es klang irgendwie falsch.

Wir klangen alle falsch.

In den ersten beiden Dezemberwochen schlief ich wieder regelmäßig in Nanterre, weil wir in der Phase der Testklausuren waren. Wir waren alle extrem angespannt. Dann kamen die Ferien. Paul flog mit seinen Eltern nach Sri Lanka. Armelle fuhr zu ihrer Schwester nach London. Patrick Lestaing musste sich seinem ersten Weihnachten und Neujahr ohne seinen Sohn stellen – Mathieus Schwester bestand darauf, dass er die Feiertage mit ihr zusammen verbrachte. Ich fuhr in die Provinz zurück. Ich bekam langweilige Geschenke. Ich küsste die faltigen Wangen meiner Großtanten und Großonkel. Ich verschlang Mon Chéris – das Zeug mit der Kirsche drin. Ich ließ die Champagnerkorken knallen. Bei einem Weihnachtsessen traf ich meinen Bruder. Ich versuchte, Pierre anzurufen, doch er war verreist. Ich saß lustlos über meinen Büchern. Ich dachte an Mathieu Lestaing. Täglich. Die ganze Zeit. Nach meinem Geburtstag hätten wir uns sicher öfter getroffen. Abends hätten wir Mädchen angebaggert. Wir hätten uns dieselben Filme angeschaut. An Silvester wäre zwar jeder bei seiner Familie gewesen, doch wir hätten telefoniert. Mit dem Hörer in der Hand, jeder in einer Ecke versteckt, hätten wir kommentiert, was gerade um uns herum abging. Wir wären ein tolles Freundespaar geworden.

Als alle begannen, die verbliebenen Sekunden laut mitzuzählen, als im Wohnzimmer meiner Eltern aufgeregte Schreie ertönten, als die allgemeinen Umarmungen losgingen, hatte ich so etwas wie Entzugserscheinungen. Ich vermisste plötzlich alles, was nicht stattgefunden hatte. Eine höchst seltsame Art, ein neues Jahr zu beginnen.

Bordeaux, den 8. Januar

Lieber Victor,

wie Sie am Absender sehen, bin ich inzwischen nach Bordeaux gezogen. Blois den Rücken zu kehren ist mir nicht leichtgefallen, doch ich glaube, dortzubleiben wäre noch schwerer gewesen. Vorläufig und zumindest bis zum Sommer lebe ich hier allein und kann somit nur mir selbst zur Last fallen. Meine neue Partnerin kommt eventuell im Juli nach. Seit Mathieus Tod ist es schwieriger geworden zwischen uns. Ich bin distanzierter. Das macht ihr zu schaffen, sie weiß nicht, was sie mit einem trauernden Vater anfangen soll. Wir hatten uns vorgenommen, in unserer Beziehung der reifen Jahre nur das Beste zu teilen, und haben nun aber nur das Schlimmste geerntet. Wir wissen nicht, was die Zukunft bringen wird, aber das weiß schließlich niemand.

Ich versuche, meine Dosis an Beruhigungsmitteln allmählich zu reduzieren. Das ist eine mühselige Sache, doch ich brauche ein Minimum an geistiger Klarheit, wenn ich der Arbeit, die mich hier erwartet, gewachsen sein will. Ich bin für ein Dutzend Vertreter verantwortlich und muss mich dieser Verantwortung stellen. Ich hoffe auch, dass es mir helfen wird zu vergessen, wenn ich mich in die Arbeit stürze. Aber das muss ich Ihnen nicht erklären, Sie wissen es besser als ich.

Inzwischen fahre ich auch wieder Auto, sehr vorsichtig

noch. Ich entdecke meine neue Umgebung. Der Wind, der am Horizont dahinfegt, die kahlen Dünen, die Wolken, die über den Himmel jagen, die kilometerlangen Pinienwälder, die einsamen Straßen – das alles gefällt mir sehr. Mir fehlt nur Mathieu. Und auch Sie fehlen mir, so erstaunlich das auch klingt, wenn man unseren Altersunterschied bedenkt und dass wir uns normalerweise nie getroffen hätten. Manchmal denke ich mir, dass es ein Zeichen von Mathieu ist, wo immer er auch sein mag, der mich zu Ihnen geführt hat, um mich über seinen Verlust hinwegzutrösten. Ich bin mir nicht sicher, ob es Ihnen überhaupt recht ist, und falls nicht, hätte ich volles Verständnis dafür.

Ich schreibe Ihnen, Victor, um Ihnen zu sagen, dass ich nun nicht mehr sehr häufig nach Paris kommen kann. Bordeaux ist weit weg. Andererseits weiß ich auch nicht, ob es mir besonders guttut, durch die Straßen der Hauptstadt zu streifen, wo ich eigentlich nur ständig über die Vergangenheit nachbrüte. Eher nicht. Aber ich möchte nicht, dass Sie den Eindruck haben, ich würde Sie im Stich lassen. Da ist mir diese dumme Idee gekommen. Sagen Sie mir ruhig ganz offen, was Sie davon halten. In anderthalb Monaten, wenn ich mich nicht irre, fangen Ihre Winterferien an. In diesem Zeitraum könnte ich ein paar Tage freinehmen. Ich bin inzwischen fast mein eigener Herr, und außerdem würde es niemand wagen, mir nach all dem, was passiert ist, zu verbieten, mich auszuruhen, und bis dahin habe ich sicher Dutzende Überstunden. Ich werde ein Haus in Les Landes mieten, eine Stunde von Bordeaux entfernt – kennen Sie diese Gegend? Außerhalb der Saison ist es eine urwüchsige, einsame Region. Wir könnten am Strand oder in den Wäldern spazieren gehen und unsere Gespräche da wiederaufnehmen, wo wir sie unterbrochen haben. Ich glaube, diese Aussicht ist eine Art Lichtstrahl, der mir durchzuhalten hilft, aber ich würde es natürlich voll und ganz verstehen, wenn Sie mir einen Korb gäben, aus tausend Gründen, die ich bereits im Voraus kenne. Ich bin nicht Ihr Vater. Sie haben bereits Eltern. Das alles ist seltsam und vielleicht unangebracht. Es war schon überaus freundlich von Ihnen, mich überhaupt bis jetzt ertragen zu haben.

Nichtsdestotrotz: Sollte Ihnen mein Vorschlag zusagen, zögern Sie nicht, es mich wissen zu lassen. Sie können mir schreiben oder mich auf der Nummer unten anrufen. Ich hoffe, dass Ihr Leben in Paris wieder seinen normalen Gang geht, dass Sie neue Freunde finden und vor allem Ihr Leben und Ihren Schlaf nicht dafür opfern, um Französisch- oder Philosophiearbeiten zu schreiben, die diese Mühe eigentlich nicht wert sind. Überlegen Sie sich, was wirklich wichtig ist. Denken Sie an die Gegenwart, nicht an die Zukunft. Ich weiß, das ist leichter gesagt als getan, und es steht mir auch nicht zu, Ihnen irgendwelche Ratschläge zu geben. Oder vielleicht doch. Noch eine Bitte: Wenn Sie Monsieur Clauzet treffen (schon beim Schreiben seines Namens stockt mir die Feder), richten Sie ihm bitte keinen Gruß von mir aus. Lassen Sie es sich gutgehen. Ich würde mich sehr freuen, Sie bald wiederzusehen.

Freundschaftliche Grüße
Patrick Lestaing

Ich hatte diesen Brief schon vor drei Tagen erhalten. Ich hatte noch immer nicht geantwortet und trug ihn in der Innentasche meines Wintermantels mit mir herum. Manchmal berührte ich ihn, ohne dass es jemand bemerkt hätte. Er war mein Talisman, genau wie Pierres Satz damals, als wir zusammen in einer Bar waren. Ein anderes Leben war möglich. Ein anderes Leben würde sich abzeichnen.

Ich hatte noch immer mit niemandem gesprochen – von meinen regelmäßigen Treffen damals mit Patrick Lestaing hatte niemand etwas mitbekommen. Ich spielte mit dem Gedanken, seine Einladung anzunehmen – dann wieder wollte ich lieber absagen. Doch eines wusste ich ganz sicher: Ich wollte die Ferien auf gar keinen Fall wieder so verbringen wie die Weihnachtsferien. Diese Einsamkeit. Diese erstickende Atmosphäre.

Der Brief steckte noch immer gefaltet in meiner Innentasche, als Madame Sauge mich nach der Stunde bat, noch zu bleiben. Sie müsse mit mir reden. Zum ersten Mal. Ich fragte mich, womit ich mir diese Ehre verdient hatte. Mir schwante, dass es um die Ergebnisse der Testklausuren gehen würde. Und ich hatte recht. Und auch unrecht.

»Ihre Leistungen bei den Testklausuren liegen weit unterhalb Ihrer Möglichkeiten, Victor.«

»Bedaure, Madame. Aber vielleicht sind meine Möglichkeiten doch eher beschränkt.«

»Hören Sie auf mit Ihrem trotzigen Sich-Schlechtmachen, das ist kindisch. Ich habe etwas Besseres von Ihnen erwartet.«

»Ich tue mein Bestes, Madame.«

»Sind Sie sicher?«

»Pardon?«

»Ich wünschte mir, Sie würden sich weiterhin auf Ihre Ziele konzentrieren und sich nicht links und rechts ablenken lassen.«

»Meine Ziele sind nicht sehr klar definiert, Madame.«

»Oh, seltsam, ich dachte, sie seien im Gegenteil offensichtlich. Sich aus der gesellschaftlichen Klasse lösen, Orte frequentieren, die man für unerreichbar hielt, einen eigenen Weg finden.«

»Ich bin mir nicht sicher, ob ich mir all das wünsche, Madame.«

»Gut, Sie haben recht. Manchmal sieht man in den Perspektiven der anderen nur den Weg, den man selbst zurückgelegt hat.«

»Das ist also Ihre Geschichte, Madame?«

»Hören Sie auf mit diesem ständigen ›Madame‹!«

»Ich wüsste nicht, wie ich Sie sonst anreden soll.«

»Lassen Sie es einfach weg. Und ja, ich komme aus Nevers. *Never*, auf Englisch, wie Sie zweifellos wissen. Und ich kehre nie dorthin zurück. Ich mache mir Sorgen um Sie, Victor.«

»Ich … Das brauchen Sie nicht. Ich habe einen gesunden Menschenverstand. Ich werde nicht über ein Geländer springen.«

»Richtig. Es ist wegen dieses Vorfalls. Dieses Dramas. Das hat uns alle erschüttert.«

»Oh, aufseiten des Lehrkörpers ist davon nicht viel zu merken.«

»Sie sind alt und gebildet genug, um zwischen Wichtigem und Unwichtigem unterscheiden zu können. Wir müssen unsere Trauer nicht demonstrativ zur Schau stellen. Was hätten Sie sich gewünscht? Schwarze Toiletten? Oder ein Opferlamm, einen Sündenbock?«

»Sie meinen, dass sich die Gewalt ausnahmsweise mal gegen denjenigen richten sollte, der sie ins Spiel gebracht hat …«

»Sie sind hart, Victor.«

»Und Sie, Sie sind feige. Bei allem Respekt, Madame.«

»Ich ziehe es vor, diese Aussage nicht gehört zu haben. Aber ich rate Ihnen dringend, wieder mehr ans Lernen zu denken.«

»Das tue ich andauernd. Aber es kommt mir vor, als sei ich nicht mit dem Herzen dabei.«

»Mit dem Herzen oder mit dem Verstand?«

»Verstand wohl eher. Sagen wir, dass sich die Tür öffnet und ich durchrenne.«

»Ich kann Ihnen nicht folgen.«

»Das ganze erste Jahr lang hat kein Mensch mit mir geredet. Seit ich aber als Freund des Opfers gelte, ist mein Beliebtheitsgrad enorm in die Höhe geschnellt. Das nutze ich aus. Ich existiere, also lebe ich.«

»Verirren Sie sich nicht auf diesem Weg, Victor. Das Leben ist sehr lang. Und je höher Sie steigen, desto weniger werden die Wechselfälle des Lebens Sie berühren.«

»Und umso härter wird der Absturz sein?«

»Ich bitte Sie: Ersparen Sie mir Ihre stereotypen Anspielungen. Das ist Ihrer nicht würdig.«

»Auf jeden Fall weiß ich zu schätzen, dass Sie sich Sorgen um mich machen. Ich fühle mich geschmeichelt.«

»Ich weiß ehrlich gesagt nicht, wie ich mit Ihnen umgehen soll. Ich kann Sie nicht einschätzen. Aber das ist vielleicht ganz gut so. Ich habe … Gut, es ist vielleicht ein etwas heikles Thema, aber im Gegensatz zu dem, was Sie glauben, bin ich ein recht offener und mutiger Mensch. Ich habe erfahren, dass Sie sich mit dem Vater von Mathieu Lestaing treffen. Regelmäßig.«

Ich wurde unsicher. Ich wusste, dass sie in unserem verbalen Gefecht gerade einen entscheidenden Treffer gelandet hatte und ich Probleme haben würde, wieder in den Sattel zu kommen. Wer? Wer hatte ihr das erzählt? Wer konnte mich gesehen haben? Natürlich hatten wir uns anfangs im 747 getroffen, doch dann haben wir bald die Treffpunkte verlagert, unseren Radius vergrößert und uns in den umliegenden Arrondissements getroffen. Und vor allem: Wen oder was ging das etwas an, abgesehen von ihm und mir?

Ich wurde wütend.

»Ich glaube nicht, dass das *Ihr* Bier ist, Madame Sauge.«

»Und *ich* glaube nicht, dass Mathieus Eltern *Ihr* Bier sind, junger Mann.«

»Ich würde mich bestimmt nicht mit Mathieus Vater treffen, wenn er mich nicht darum gebeten hätte. Ich denke, dass er das Verhalten hier am Lycée ziemlich ungehörig findet. Man hat ihn höflich empfangen. Man hat sich seine Beschwerden angehört. Und dann die Tür hinter ihm wieder zugemacht. Und das hat ihm kein bisschen geholfen, seinen Schmerz zu verarbeiten.«

»Und seinen Schmerz, den verarbeitet er jetzt mit Ihnen?«

Ein schneidender Ton. Ein tiefer Ast, der einen mitten im Galopp aus dem Sattel wirft. Ein eisiger Windhauch im Winter, am frühen Morgen, der einem ins Gesicht peitscht.

»Es mag Ihnen seltsam vorkommen, aber ja.«

»Weiß der Rest der Familie davon?«

»Pardon?«

»Sie haben meine Frage sehr wohl verstanden.«

»Ich … ich weiß nicht recht, was Sie das angeht. Monsieur Lestaing ist geschieden, seine älteste Tochter ist … Aber ich verstehe beim besten Willen nicht, was das hier soll … Bedaure, doch dieses Gespräch nimmt eine Wendung, die mir gar nicht gefällt.«

»Mathieus Mutter hat den Rektor angerufen, der mich in meiner Funktion als Klassenlehrerin informiert hat.«

»Mathieus *Mutter*?«

»Sie hat sich über Sie erkundigt. Sie hat sich gefragt, was Sie wohl damit bezwecken. Ihr Exmann hat ihr von Ihnen erzählt. Sie findet diese Situation krank. Das ist sie auch, nicht wahr? Aber es ist nicht mein Leben. Jeder trägt sein eigenes Kreuz. Jeder geht seinen eigenen Weg. Aber ich wollte Sie warnen. Ich weiß nicht, welchen Abhang Sie hinuntergleiten, doch er kann schwindelerregend steil sein.«

»Solange ich noch Boden unter den Füßen habe, Madame, fürchte ich mich nicht. Es ist sehr viel schlimmer, wenn es nur noch ein Vakuum gibt und man sich nirgendwo mehr festhalten kann.«

»Ich mag Sie, Victor. Das wissen Sie. Sie können sagen, was Sie wollen, aber Ihnen ist doch bestimmt klar, dass sich viele Ihrer Lehrer in Ihrem Weg wiedererkennen. Passen Sie auf sich auf. Ich gebe Ihnen meine Adresse und meine

Telefonnummer. Falls es Ihnen eines Tages mal nicht gutgeht, können Sie mich anrufen.«

Ich ertappte mich dabei, dass ich errötete und gleichzeitig lächelte. Mit leicht erstickter Stimme fragte ich:

»Auch noch in zehn oder zwanzig Jahren?«

»In zehn oder zwanzig Jahren werde ich alt sein und Sie Ihre besten Jahre erleben. Von Ihnen eingeladen zu werden wäre mir eine Ehre. Aber Sie würden als Gigolo dastehen.«

»Das ist vielleicht sogar meine Bestimmung.«

»Versuchen Sie es lieber mit der Literatur. Es ist besser, ein Meister der Illusionen zu werden als der Spielball seiner Umwelt.«

»Waren Sie schon immer so schlagfertig, Madame?«

»Nein, junger Mann. Ich musste es mir erarbeiten. Man muss seine Umwelt beobachten, lange. Das ist das Geheimnis.«

Wir hätten an dieser Stelle aufhören müssen, bei diesem Austausch bühnenreifer Floskeln. Sie hätte das Zimmer vor mir verlassen, hocherhobenen Hauptes, ohne sich noch einmal umzudrehen. Ich hätte ihre Haltung bewundert, ihren entschlossenen Gang – eine Frau mit Charakter. Doch wir blieben im Klassenzimmer stehen, ohne noch etwas zu sagen, fast Gesicht an Gesicht. Wir warteten darauf, dass die Spannung etwas nachließ. Ihre Wangen waren von ihrer Gefühlsaufwallung etwas gerötet. Ich zitterte leicht. Es war eine peinliche Konfrontation gewesen. Dieses Schweigen nun hätte noch peinlicher sein müssen, war es aber nicht. Wir fühlten uns wohl in diesem unangenehmen Moment. Wir hatten keine Lust, uns wieder dem Geschrei der Welt unten auf dem Hof zu stellen. Wir wollten dieses Intermezzo verlängern. Nach einer Weile lächelte sie und bückte sich, um ihre Tasche aufzuheben. Ich kam ihr zuvor. Sie murmelte: »Passen Sie auf sich auf, Victor«, und dann gingen wir zusammen auf den Gang hinaus. Es war kurz vor halb sechs. Das zweite Stockwerk war menschenleer. Wir warfen beide einen kurzen Blick zum Geländer. Da flüsterte sie:

»Jeden Tag, wissen Sie. Ich denke jeden Tag daran. Und ich werde jeden Tag daran denken, solange ich an diesem Lycée bin. Ich denke, ich werde mich versetzen lassen. Das spielt für Sie keine Rolle. Ich bezweifle, dass Sie die zweite Vorbereitungsklasse wiederholen werden. Und ich kann dann wieder besser atmen.«

Wir gingen die Treppe hinunter, ein absolut nicht zusammenpassendes Paar. Ich hätte mir gewünscht, dass jemand uns in diesem Moment fotografiert. Doch es war niemand da, aber ich hörte, wie mein Gedächtnis die Brennweite von selbst einstellte und auf den Auslöser drückte. Ich wusste, dass ich in jedem beliebigen Moment meines späteren Lebens nur die Augen schließen musste und wieder in diesem alten Kloster aus dem 17. Jahrhundert, das in ein Lycée umfunktioniert worden war, stehen würde, in diesem Treppenhaus, in dem es nach Salpeter und Bohnerwachs roch, an der Seite dieser Frau mittleren Alters, deren schwarze Aktentasche sie etwas zur Seite zog. Auch noch in zwanzig oder dreißig Jahren. Auch nach ihrem Tod. Denn in meiner Erinnerung waren wir Phantome. Spukgespenster.

Ich ging die Avenue de l'Aviation hinauf.

In diesem Seebad waren die Gassen schmal und die Straßen höchstens zwei bis drei Meter breit. Gehsteige gab es nicht. Die Fußgänger mussten am Asphalt entlanggehen. Ihre Sohlen knirschten auf dem vom Wind herbeigewehten Sand und zertraten die rötlichen Kiefernnadeln. Es war bitterkalt. Biscarrosse-Plage wurde von den Februarwinden gepeitscht. Wolken zerfransten am Himmel. Fast alle Häuser waren verriegelt, die Restaurants, die Hotels und auch die Geschäfte. Der zentrale Platz, auf dem es im Sommer sicher von Menschen wimmelte, war menschenleer. Geöffnet waren nur eine Bäckerei, ein Zeitungskiosk, eine Bar und die Post. Auch die Diskothek, am Freitag- und Samstagabend, wenn sich die jungen Leute aus der Umgebung hier trafen, um ihre Isolation zu vergessen. Sie hieß Sandy's, und ihr rundes rosa Aushängeschild glitzerte in der verlassenen Straße.

Ich hatte zwei Stunden gebraucht, um von Facture hierherzukommen, obwohl es nur etwa dreißig Kilometer waren. Ich spürte meine Füße nicht mehr. Am liebsten hätte ich auch den Rest meines Körpers nicht mehr gespürt. Und wäre langsam, aber sicher erfroren.

Ich hatte mich geweigert, auf all jene zu hören, die mir Ratschläge gaben. Ich steuerte das Boot meines Lebens nach Augenmaß. Mein Leben hatte sich ordentlich bevölkert. Ständig wurde ich von Pauls Freunden zu Feten eingeladen, mit ihm oder ohne ihn. In letzter Zeit öfter ohne ihn, weil er wie ein Verrückter büffelte und für die Abschlussprüfungen den ganzen Lehrstoff wiederholte. Nachts wurde ich immer lustig und draufgängerisch. Ich war wie das Milieu, aus dem ich stammte: *populär.* Armelle hatte mich abserviert. Sie störte sich an meinem gesellschaftlichen Erfolg, behauptete, ich hätte meinen Charme eingebüßt und würde die anderen nachäffen. Nun gut, sie wurde ersetzt durch Affären, die gelinde gesagt von kurzer Dauer waren. Debütantinnen aus sehr gutem Hause, die sich mal mit einem Vertreter des gemeinen Volkes abgeben wollten. Mädchen, die mich ausprobierten, so wie man ein exotisches Gericht kostet.

Die letzten Wochen waren strapaziös gewesen. Ich wusste kaum noch, wo ich wohnte oder was ich hier in der Hauptstadt zu suchen hatte. Ich schaffte es nicht mehr, auch mal in mich zu gehen. Meine Noten waren weiterhin auf Talfahrt, und irgendwann gab ich auf, machte keine Hausarbeiten mehr und meldete mich am Tag von Klausuren krank. Ich wurde sogar zum Rektor bestellt und musste eine Moralpredigt über mich ergehen lassen. Wenn ich so weitermachte, sagte er, bekäme ich nicht mal eine Äquivalenzbescheinigung für ein Universitätsdiplom und hätte mein Jahr vergeudet. Ich habe nichts dazu gesagt. Ich sah ihm nur ins Gesicht. Ich suchte seinen Blick. Seine Ansprache geriet ins Stocken.

»Warum starren Sie mich so an?«

»Ich versuche zu ergründen, was Sie wirklich denken.«

»Ersparen Sie sich die Mühe. Ich trage eine Maske. Ich verkörpere eine Rolle. Ach übrigens, ich wollte Sie auch noch fragen … Es geht um den Vater von Mathieu Lestaing … Haben Sie …«

»Er ist nach Bordeaux gezogen. Er kommt nicht mehr nach Paris.«

»Aha, sehr gut. Sehr gut. Nun ja … Sie verstehen, das war eine unangenehme Sache … Seine Frau hat mich kontaktiert und …«

»Madame Sauge hat mich darüber informiert, ja. Sie brauchen sich aber keine Sorgen mehr zu machen.«

»Gut. Perfekt. Dann haben Sie jetzt ja eine gute Ausgangsbasis, hm? Ich wäre sehr enttäuscht, wenn Sie unser Institut ohne Abschlussdiplom verlassen würden. Oder haben Sie vor, die zweite Klasse freiwillig zu wiederholen?«

»Ich glaube nicht. Nein.«

»Sehr gut. Übrigens weiß ich nicht, warum ich das sage, weil Sie diesen *Concours* doch bestehen werden, nicht wahr?«

Ich habe gelächelt. Wir kannten beide die Antwort darauf. Nein. Natürlich nicht.

Ich hatte massenhaft Arbeit. Drei Hausarbeiten waren abzugeben, fast ein Dutzend Bücher zu lesen, zwei Übersetzungen aus dem Lateinischen zu machen. Es war der Endspurt. Ich hatte geplant, zu meinen Eltern zu fahren. Sie hatten keinen Urlaub und hätten folglich nur wenig Zeit für mich – doch das war kein Problem. Auf Familie hatte ich wenig Lust. Es war so vieles passiert, von dem sie nichts wussten. In ihren Augen ging es mir gut, ich studierte fleißig und konnte nur noch gebildeter und noch intelligenter werden. Das Angebot von Patrick Lestaing hatte ich abgelehnt. Mit einem kurzen, höflichen Brief, in dem ich ihm erklärte, dass ich seine Einladung leider nicht annehmen könne, obwohl ich es gern getan hätte – zu viel Arbeit, zu viel Stress. Es kam keine Antwort.

Einige Tage vor den Ferien im Februar rief ich ihn an. Ich hinterließ eine Nachricht auf seinem Anrufbeantworter und sagte, ich hätte es mir anders überlegt. Ich wolle doch nicht in Paris bleiben. Und noch weniger in meine Heimatstadt fahren. Ob er seine Pläne geändert hätte oder immer noch dieses Haus am Meer mieten wolle? Er rief noch am selben Abend zurück, in Nanterre. Rein zufällig war ich für ein paar Stunden dort. Es war ein kurzes und sachliches Telefonat. Er gab mir die Anschrift des Hauses und nannte mir den Tag, ab dem er dort wäre. Ob ich mir schon eine Zugverbindung herausgesucht hätte? Nein. Wissen Sie schon, an welchem Tag Sie kommen werden? Am Montag. Für wie lange? Das weiß ich noch nicht. Rufen Sie mich doch an, wenn Sie in Bordeaux sind. Dann hole ich Sie dort ab.

Ich hatte keine Lust auf die Fahrt von Bordeaux nach Biscarrosse in seinem Auto. Ich befürchtete angefangene Sätze, Auslassungspunkte, eine mühsame Kommunikation. Und ich traute auch seinen Fahrkünsten nicht. Im Februar sind die Straßen im Département Landes tückisch. Zwischen den Kiefernwäldern macht sich gern Glatteis breit. Man muss sehr gut aufpassen und schnell reagieren können, was ich Patrick Lestaing ehrlich gesagt nicht so ganz zutraute. Wenn ich in all diesen Wochen etwas gelernt hatte, dann, dass ich gern in der Welt der Lebenden weilte. Ich wäre niemals über ein Geländer gesprungen – und da würde ich mich doch nicht auf den Straßen im Südwesten umbringen.

Ich hatte den Nachtzug genommen und auf meinem Platz vor mich hin gedöst. Um acht Uhr morgens stieg ich am Bahnhof von Facture aus, einem verschlafenen Kaff an der Grenze zum Département Gironde. Allein, mit meinem Rucksack. Der Bahnhofsvorsteher beäugte mich misstrauisch. Er fragte, wohin ich zu gehen beabsichtige, und als ich sagte, ich wolle per Autostopp nach Biscarrosse, riss er die Augen auf und sagte, um diese Jahreszeit seien so gut wie keine Autos unterwegs, und ich würde unterwegs erfrieren. Dann rief er seinen Bruder an, der beruflich nach Ychoux musste. Ich ließ mich von ihm mitnehmen. Dort hat sich eine Frau um die vierzig meiner erbarmt, weil sie sich vorstellte, ihr Sohn könnte in einigen Jahren in meiner Lage sein. Sie fuhr zum Einkaufen nach Biscarrosse-Ville und setzte mich im Zentrum ab. Sie hätte dort eine oder zwei Stunden zu tun, sagte sie, und wenn ich wollte, würde sie mich anschließend nach Biscarrosse-Plage fahren. Ich sagte, das sei nicht nötig.

»Aber die beiden Dörfer liegen fast zehn Kilometer auseinander, wissen Sie, und es geht dauernd auf und ab.«

»Das stört mich nicht. Ich gehe gern ein bisschen zu Fuß.«

Es war fast Mittag. Eine kalte Sonne hatte die Nebelschwaden vertrieben. Ich habe mir eine Kleinigkeit zu essen und zu trinken gekauft und bin losmarschiert. Nach einer Weile habe ich aufgehört, mir das Gehirn darüber zu zermartern, was ich zu Patrick Lestaing sagen würde. Ich habe auch aufgehört, mich zu fragen, was ich hier machte, und ganz allgemein, was aus meinem Leben werden würde. Über mir wogten die Kiefern. Die eisige Luft drang unter meine Kleidung. Ich dachte nur noch an den Rhythmus meiner Schritte. Und ans Hier und Jetzt. Endlich.

Gegen drei Uhr nachmittags kam ich in Biscarrosse-Plage an. Das Wetter hatte sich nicht verändert. Die Sonne schien unbeweglich an einem unerschütterlich blauen und frostigen Himmel zu stehen. Die Wälder waren in der Kälte erstarrt. Keinerlei Geruch. Die Bäume hatten all ihr Harz eingezogen. Nur die Geräusche des Atlantiks zeugten davon, dass es irgendwo Leben gab. Als ich das Dorf durchquerte, traf ich keine Menschenseele. Ich ging die Straße entlang, die zum Strand führte. Der Atlantik lag vor mir – unglaublich ruhig –, nur kleine Wellen dort, wo ich Brandungswellen erwartet hätte. Der Strand war enorm.

Ich stellte mir vor, wie es wäre, hier zu leben.

Ein Leben ohne soziale Kontakte oder berufliche Verpflichtungen. Ich würde mir eine Arbeit suchen. Ich könnte mich ja um die Ferienhäuser kümmern, die drei Viertel des Jahres leer standen. Ich würde kontrollieren, ob nicht eingebrochen worden wäre. Ich würde die Wasserhähne überprüfen, die elektrischen Geräte einstecken. Wenn nötig, auch kleinere Reparaturen ausführen. In einem dieser Ferienhäuser würde ich wohnen – einem Häuschen mit einem für die Gegend typischen Dach, das fast bis zum Boden ging. Am Morgen würde ich eine Zigarette rauchen und dabei aufs Meer hinausschauen. Ich würde surfen lernen. Ich würde mich zu den paar Spinnern gesellen, die in jeder Saison auf den Wellen tanzen. Wir würden uns grüßen, aber nicht wirklich miteinander reden. Jeder würde die Einsamkeit des anderen respektieren. Hin und wieder würde ein Windstoß aus der Außenwelt hereinwehen – zum Beispiel die Nachricht, dass Paul Rialto einen Preis gewonnen hat. Dass irgendein reicher Erbe Armelle geheiratet hat. Doch es würde mich nicht berühren. Ich hätte meinen Platz in diesem Leben gefunden – sie nicht.

Es fiel mir schwer, wieder aus meinen Tagträumen aufzutauchen.

Anschließend setzte ich meinen Weg durch die Avenue de l'Aviation fort.

Vor dem Haus mit der Nummer 14 stellte ich meinen Rucksack ab. Es war ein recht neues Haus, jedoch im für Les Landes typischen Stil erbaut. Weiße Mauern. Schwarzbraun bemalt. Fries mit dreieckigen Motiven. Großes Dach, das auf einer Seite sehr tief herunterreichte. Umgeben war es von einem kleinen Garten, der keiner war – auf diesen paar Quadratmetern Sand wuchs nichts, abgesehen von den Kiefern, die bereits da gewesen waren. Ich stand ein paar Minuten lang da, um das Ganze zu betrachten. Ich prägte mir die Details ein. Das kleine Dachfenster, oben links. Ein Riss im Rauputz, unten rechts. Sie würden bald Teil meiner geistigen Landschaft sein.

Ich habe gewartet. Irgendwo hatte ich gelesen, dass man bei den Indianern ein paar Minuten reglos auf der Schwelle stehen musste, damit die Person, die man besuchen wollte, sich auf einen einstellen und das zu Ende führen konnte, was sie gerade tat. Mir gefiel diese Höflichkeit. Ich stellte mir vor, ich sei ein Navajo, im Tal des Todes. Höflich. Wohlerzogen. Ich musste jedoch gar nicht klopfen. Patrick Lestaing kam aus dem Haus. Als er mich sah, zuckte er zusammen.

Es war ein Haus mit drei Zimmern – zwei oben, ein großes im Erdgeschoss.

»Ich habe das hier unten okkupiert, damit ich Sie nicht störe, wenn ich wieder mal nicht schlafen kann. Das passiert mir fast jede Nacht. Und Sie? Wie geht es Ihnen in dieser Hinsicht?«

»Oh, ich schlafe wie ein Toter.«

Ich hörte diesen Ausdruck, der im ganzen Haus widerhallte. Ich habe mich gefragt, ob ich in den kommenden Tagen ganz vorsichtig sein musste, quasi nur mit angezogener Handbremse reden durfte und alles, was mit Tod, Springen, Treppen und Selbstmord zu tun hatte, sorgsam vermeiden musste. Patrick wirkte nicht übermäßig irritiert. Er fragte, ob ich einen Brombeertee haben möchte. Den kannte ich gar nicht.

»Dann wird sein Geschmack für Sie für immer mit diesem Ort verbunden bleiben, Victor. Wenn Sie später mal wieder einen Brombeertee trinken, kehren Sie im Geiste für kurze Zeit hierher zurück. Außer natürlich, Sie trinken ihn täglich literweise. Das würde die Erinnerung verwässern.«

Ich fragte mich, was er wohl in welchen Unmengen zu sich nahm, um die Erinnerung an seinen Sohn zu verwässern. Meine Erinnerungen an Mathieu begannen zu verblassen – nach und nach, ich spürte es. Es war noch keine sechs Monate her, dass er gesprungen war, doch mein Leben war seither so überschäumend geworden, die Tage waren mit ebenso vielen Menschen angefüllt wie die Nächte, dann die vielen Worte, die Sätze, die Absätze, die Lichter, die Gesten, die Schauer und Schauder – das alles hatte sein Bild allmählich überlagert. Mir wurde klar, dass wir im Grunde gar keine Beziehung gehabt hatten. Das Ganze war eine Täuschung. Inzwischen sah ich kaum noch seine Hände vor mir, wenn er eine Zigarette rauchte. Auch seine Augen entglitten mir zusehends. Geblieben waren nur sein Schrei und der dumpfe Aufprall des Körpers auf dem Steinboden.

»Ich freue mich, dass Sie gekommen sind. Sie haben gesehen, wie menschenleer es da draußen ist … Ich war im

Januar schon zwei Wochenenden hier. Das Haus gehört einem der leitenden Angestellten meiner neuen Firma, der für ein paar Jahre nach Japan gegangen ist. Ich hatte ein bisschen Angst, ich würde mich hier zu Tode langweilen und Trübsal blasen, doch das trifft erstaunlicherweise nicht zu, ganz im Gegenteil. Ich mache lange Strandspaziergänge. Das macht den Kopf leer. Schon nach kurzer Zeit spüre ich nur noch die Naturkräfte, gegen die man nicht ankommt, die Wellen, den Wind, das Vorrücken der Dünen. Auch bei der Arbeit, wissen Sie, habe ich oft den Eindruck, dass ich mich ablenke, dass ich den Kopf mit belanglosen Informationen vollstopfe. Ich nehme an allen Meetings teil, schufte bis spät in die Nacht, ich erstelle Tabellen, mache Präsentationen, aber große Würfe sind es nicht. Nun ja. Ich weiß natürlich, was die Kollegen denken: Das tut er nur, weil er sonst nichts hat im Leben. Und sie haben natürlich recht. Hier ist es anders. Ich fühle mich am richtigen Ort. Ich hoffe, hier meinen Platz in der Welt zu finden. Ich verlange nicht von Ihnen, dass Sie es verstehen. Es ist ein sehr persönliches Gefühl. Wenn ich könnte, würde ich gern ganz hier leben, glaube ich. Aber gut, es ist anderthalb Stunden von Bordeaux entfernt, und diese Strecke ist zweimal täglich nicht machbar. Aber wenn ich mal in den Ruhestand gehe … Ja, dann werde ich wohl ganz hierherziehen.«

»Und Ihre neue Partnerin? Wird sie im Sommer zu Ihnen ziehen?«

»Florence? Ich glaube nicht, nein. Jetzt, wo wir fünfhundert Kilometer voneinander entfernt sind, stellen wir fest, dass sich unsere Sehnsucht in Grenzen hält. Das ist ein Indiz, nicht wahr? Aber immerhin telefonieren wir regelmäßig. Wir könnten gute Freunde werden. Aber genug von mir geredet, wer interessiert sich schon für mich? Was ist mit Ihnen?«

»Ich navigiere auf Sicht.«

»Müssen wir das nicht alle? Ihre Freundin … Armelle, nicht wahr?«

»Wir haben Schluss gemacht. Ich … ich hatte seither zwei oder drei Affären, nichts Ernstes.«

»Das ist normal in Ihrem Alter. Es ist sogar recht vernünftig und gesund. Ich habe Mathieus Freundinnen nie kennengelernt, und das tut mir jetzt fast am meisten leid.«

Ich sehe Paul wieder vor mir, in der Bibliothek, als er sagte: »Bei Mathieu dagegen habe ich es gespürt.« Ich frage mich, ob Patrick Lestaing da nicht etwas entgangen ist. Oder ob er es geahnt hat. Ich erinnerte mich an ein früheres Gespräch mit ihm. Da hatte ich angedeutet, dass Mathieu mit dem »Idiot«-Schrei vor dem Sprung vielleicht sich selbst gemeint hatte. Hasste er sich, weil er sich nicht in die Augen schauen konnte? Hasste er sich, weil er eine Entscheidung hätte treffen müssen, die jede Menge Konsequenzen mit sich gebracht hätte? Andere Gewohnheiten, einen anderen Umgang. Der Gedanke, wie die anderen einen fortan gesehen hätten. Ihre Abscheu oder eher ein verstohlenes, mitleidiges Grinsen. *Der arme Junge. Was für ein einsames Leben.* Dann ein leiser Seufzer, um den inneren Monolog abzuschließen.

Und dann dieser Satz, so unpassend: »Wir lieben dich so, wie du bist.« Dieses »wie du bist«, das den Unterschied hervorhebt, die stille und nachsichtige Ausgrenzung.

»Tut mir leid, dass ich Mathieu schon wieder erwähnt habe. Ich hatte mir vorgenommen …«

»Das braucht Ihnen nicht leidzutun. Ich … ich bin ja deshalb hier. Ich will sagen, ich wäre gar nicht hier, wenn ich ihn nicht gekannt hätte.«

»Der Arzt hier sagt, dass es gesund, sogar heilsam ist, sich der Erinnerung zu stellen. Er behauptet, dass man die Trauer nur auf diese Weise bewältigt, nicht indem man sich mit Medikamenten vollstopft.«

Gesund.

Ein Wort, das Patrick Lestaing innerhalb weniger Minuten zum zweiten Mal aussprach und das mir gar nicht gefiel. Gesund, das ließ mich an muskulöse, gebräunte Körper denken, strahlend weiße Zähne, an eine Vitalität, wie sie uns die Deodorant-Werbung vorgaukelt, an die Propaganda-Plakate der Nazis im Zweiten Weltkrieg. Wenn ich die Menschen um mich herum beobachtete – und all die, die ich auf der Straße, in der Metro oder im Bus sah –, kam mir keiner vollkommen gesund vor. Und das war gut so.

Er machte den Vorschlag, einen Strandspaziergang zu machen. Es wurde bereits dunkel. Die Umgebung schien wie unter einer Eisschicht erstarrt. Nur der Atlantik, unerschütterlich, war in Bewegung und kräuselte sich bis an den Horizont. Der Wind peitschte uns ins Gesicht. Wir setzten zu Sätzen an, die der andere gar nicht hörte. Wir waren gezwungen, uns ständig zu wiederholen. Irgendwann musste ich deshalb lachen, und Lestaing lachte mit. Es war wirklich seltsam, sein Gesicht anders als bedrückt oder geistesabwesend zu sehen. Mitten im Lachen schlug er sich die rechte Hand vor den Mund. Seine Augen wurden feucht. Da wusste ich, dass es sein erstes Lachen seit Mathieus Tod war.

Zurück im Haus, schloss er sich im Badezimmer ein. Ich sah mich um, um festzustellen, was wir zum Abendessen kochen könnten. Der Kühlschrank war voll – die Regale ebenfalls. Ich begann, Gemüse zu schälen und kleinzuschneiden, was ich bei meinen Eltern noch nie freiwillig gemacht hatte. Die gleichmäßigen, genauen und sorgfältigen Bewegungen waren irgendwie beruhigend. Nach ungefähr zehn Minuten gesellte er sich zu mir. Schweigend schälten wir gemeinsam weiter. Wir warfen das Ganze in einen großen Kochtopf, zusammen mit Hühnerbrühe. Wir hätten die ganze Straße damit satt bekommen. Wir standen da, konzentriert und präzise, wie Vater und Sohn, in einem Haus am Meer. Zu solchen Momenten sollten Vater-Sohn-Beziehungen führen. Doch genau zu solchen Momenten führen sie nie.

»Ich habe nie mit Mathieu zusammen gekocht.«

»Ich auch nie mit meinem Vater. Aber er würde es sowieso hassen. In der Küche will er ungestört sein. Sie ist sein Königreich. Die anderen dürfen nicht rein.«

»Ich habe ehrlich gesagt … ich meine, bevor ich nach Bordeaux gezogen bin, habe ich nie gekocht. In Blois kam ich immer sehr spät nach Hause, da hatte meine Frau schon gekocht, oder ich holte mir etwas im Feinkostgeschäft. Nach der Trennung habe ich immer nur zwischen Tür und Angel gegessen, mal ein Sandwich, mal einen Fertigsalat, ein Stück Käse. Mit Florence ging ich natürlich oft ins Restaurant, in Cafés und Bars, wir wollten nicht den Alltag von festen Paaren leben. Aber dazu kam es auch nie, wir hatten gar nicht die Zeit. Als ich nach Bordeaux kam, habe ich mir gesagt, dass ich mein Leben wieder in den Griff bekommen müsse. Alles andere wäre mein sicherer Tod gewesen. Ich musste mich entscheiden. Es gab nur zwei Möglichkeiten. Ich entschied mich, ohne es zu merken. Ich begann zu kochen, alles Mögliche. Einfache Sachen. Einmal habe ich sogar meine Nachbarin von unten damit bedacht, der es sehr schwerfiel, mein Geschenk anzunehmen. Sie wusste nicht, wie sie sich revanchieren konnte. Dieser Tauschhandel ist noch unser Untergang, nicht wahr? Jedes Mal, wenn man etwas geschenkt bekommt, muss man etwas zurückgeben. Ein ewiger Kreislauf. Inzwischen nehme ich Geschenke einfach an, als Geschenk eben. Auf Zeit. Vergänglich. Ohne Gegenleistung. Als kostbare Edelsteine auf meinem Weg. Auch Ihr Besuch, Victor, ist ein Geschenk für mich.«

»Oh, freuen Sie sich nicht zu früh, ich könnte mich revanchieren und Sie für eine Woche zu mir nach Nanterre-Université einladen. Oder noch schlimmer, zu meinen Eltern.«

»Lassen Sie das. Ich bin mir sicher, dass Ihre Eltern sehr nett sind.«

»Das ist nicht das Problem. Sie sind sehr nett, stimmt. Das Problem ist, dass wir kaum etwas gemeinsam haben.«

»Denken Sie, *wir* hätten viel gemeinsam gehabt, mein Sohn und ich?«

»Diese Frage kann ich nicht beantworten. Dafür habe ich ihn nicht gut genug gekannt.«

Er nickte bedächtig. Einen Moment lang dachte ich, er würde weiterreden, doch dann machte sich Schweigen zwischen uns breit, ein sehr angenehmes Schweigen. Während des Abendessens war der Wind draußen stärker geworden. Ich bin nicht lange aufgeblieben. Ich war todmüde. Ich ging nach oben in mein Gästezimmer. Ich hörte ihn noch eine Weile unten herumgeistern. Die Holzbalken des Hauses knackten, doch ich hatte keine Angst. Ich fühlte mich sicher. Und ich fiel recht schnell in einen tiefen, traumlosen Schlaf.

Am nächsten Morgen bin ich sehr früh aufgewacht. Lautlos verließ ich das Haus. In Biscarrosse-Plage war noch nicht ganz Tag. Ich ging auf direktem Weg zum Atlantik. Er glänzte schiefergrau und war fast unbeweglich. Der Wind hatte nachgelassen. Ich blieb lange auf einer Düne stehen. Die Bäckerei im Dorfzentrum hatte schon geöffnet. Der Duft von frischem Brot drang heraus auf den Gehsteig. Ich verspürte eine unbändige Lust zu leben.

Es war eine seltsame Woche.

Wir versuchten, wieder zusammenzusetzen, was zerbrochen war. Es gelang uns aber nicht immer. Wir hatten keinen Zeitplan. Unsere Schlafstörungen hatten uns im Griff. Wenn ich abends einschlafen wollte, hörte ich ihn im Erdgeschoss hin und her gehen. Manchmal gab ich auf und ging zu ihm nach unten. In Momenten wie diesen redeten wir über Mathieu. Er fragte nach Details. Wie sein Sohn ausgesehen hatte, als er zerschmettert auf dem Boden lag. Ausgerenkte Gliedmaßen? Noch ganz? In Stücken? Er musste es wissen. Der Rektor und die Sanitäter waren ausweichend gewesen. Sie wollten ihn nur möglichst schnell wieder loswerden. Er hatte sie erleichtert ausatmen hören, als er den Raum verließ. Ich erzählte ihm alles, so detailliert, wie er es hören wollte, doch die beiden Blutfäden zwischen meinen weißen Schuhen habe ich nicht erwähnt. Sie gehörten mir. Ich würde sie mit ins Grab nehmen.

Er wurde auch wütend, oft sogar. Dann wetterte er gegen die Vorbereitungsklassen, die Lehrer, die Studenten, die Sicherheitsnormen, seine Exfrau, sein Leben. Seine Wut kannte keine Grenzen. Ich blieb ruhig. Ich wusste, dass er mich von seinem Zorn ausschloss. Und immer wenn sein Wutanfall vorbei war, kam die Niedergeschlagenheit. Manchmal schlief er dann auf dem Sofa ein, und ich schaute aus dem Fenster und betrachtete den Sonnenaufgang hier in Les Landes. Ich fragte mich, ob ich später mal Kinder haben wollte. Ich wusste jetzt, dass man die Angst kennenlernt, echte Angst, wenn man Kinder hat. Angst vor Verlust. Vor der Leere. Vor der Sinnlosigkeit. Einmal ging ich ins Dorf, zur Telefonzelle neben dem Postamt, um meine Eltern anzurufen. Zum ersten Mal seit langer Zeit habe ich sie vermisst. Meine Mutter freute sich sehr, von mir zu hören. Sie machte mir leise Vorwürfe, weil ich so gut wie nie mehr nach Hause kam.

»Und sonst? Ist es schön mit deinen Freunden in Biscarrosse?«

»Jaja. Aber gut, außerhalb der Saison ist es hier schon sehr ruhig.«

»Ach, weißt du, hier ist es auch nicht besser. Und außerdem haben wir ein Schmuddelwetter. Wann fährst du nach Paris zurück?«

»Bald. Ende der Woche.«

»Und wann kommst du zu uns?«

»Am Wochenende darauf.«

»Schön! Ah, dein Freund Pierre hat angerufen. Er wollte dir von einer Wohnung erzählen, die er sich angeschaut hat. Worum geht es da genau?«

»Ach, nichts, Mama. Es kann nur sein, dass ich nächstes Jahr zurückkomme, und dann möchte ich weiterhin unabhängig bleiben. Ich würde mir eine Arbeit und eine kleine Wohnung suchen.«

»Im Ernst?«

»Es ist wichtig, Mama. Mein Leben fängt erst an.«

»Und der *Concours*? Du machst ihn doch, diesen *Concours*?«

»Klar doch. Ich werde zwar nicht durchkommen, aber ich werde hingehen. Aber weißt du, es gibt so viele Möglichkeiten. Ich habe mich schon erkundigt. Ich könnte ab nächstem Jahr sogar als Lehrer arbeiten.«

»Gut. Du weißt besser als ich, was du zu tun hast.«

»Mama?«

»Ja?«

»Ach, nichts. Ich ruf dich wieder an, wenn ich in Paris bin.

Was hätte ich fragen können? Ob sie mich liebt? Ob ich ihr etwas bedeute? Sie hätte mir keine direkte Antwort gegeben. Sie hätte sich geniert. Ich war nicht in eine Familie geboren worden, in der so etwas üblich ist. Am anderen Ende der sozialen Leiter stand Paul Rialto vor derselben Mauer. Das war auch der Grund, warum wir uns so häufig trafen. Ich begann zu glauben, dass auch Mathieu diese Chance nie gehabt hatte. In Familien, in denen man seine Gefühle zeigt, neigen die Kinder sicher weniger dazu, über ein Geländer zu steigen und sich ins Leere zu stürzen. Sollte ich eines Tages Kinder haben, werde ich mich daran erinnern.

Patrick Lestaing wollte auch wissen, wie es im Lycée so lief. Ob sich etwas bewegt hätte. Ob die Lehrer nun anders mit uns umgingen. Ob sie sich dafür interessierten, was wir fühlten, wofür wir uns begeisterten. Ich habe gelogen. Ich habe behauptet, ja, das ließe sich nicht leugnen. Manche hätten ihren Unterrichtsstil geändert. Die Sauge hätte uns einmal sogar zu sich nach Hause eingeladen. Patrick hat sich gefreut. Immerhin war der Tod seines Sohnes nicht ganz umsonst gewesen.

Nichts.

Nichts hatte sich geändert.

Es war unglaublich, wenn man sich klarmachte, wie starr das ganze System war. Mathieus Körper war nur ein Stein gewesen, den jemand in einen Teich geworfen hatte. Der Aufprall hatte zwar einige Ringe erzeugt, die sich für einige Sekunden ausbreiteten, doch danach war die Wasseroberfläche wieder glatt geworden. Vielleicht hatten sich ein oder zwei Badende an diesem neuen Hindernis, das im Boden steckte, in den Fuß geschnitten, doch die Wunde hatte sich rasch wieder geschlossen. Sie war nicht sehr tief gewesen. Das Leben, die Hausarbeiten, die Testklausuren, die Bücher, die Pflichtlektüre waren – alles blieb unberührt. Das hätte Mathieu eigentlich klar sein müssen. Ob er lebte oder tot war, machte keinerlei Unterschied. Dann lieber leben.

Tagsüber sprachen wir nie über Mathieu. Tagsüber versuchten wir, das seltsame Band zwischen uns zu festigen. Wir entdeckten, dass wir uns im Grunde genommen gar nicht kannten, und gerieten hin und wieder unbeholfen aneinander. Wir enttäuschten einander ständig. Patrick Lestaing hatte sich gewünscht, dass sein Sohn Literatur studiert, obwohl er selbst sehr wenig las. Dafür habe er keine Zeit, behauptete er, und außerdem – warum sich in erfundene Geschichten vertiefen, wenn es eine Realität gab, der man sich stellen musste? Das sagte er herausfordernd und trotzig, mit so einem Gesicht, dass man sich als Gesprächspartner spontan zurückzog. Ich fürchtete, dass Mathieu öfter mal mit diesem Gesichtsausdruck konfrontiert gewesen war. Er war auch der Überzeugung, dass die Wirtschaft nichts mit der Politik zu tun haben sollte, dass man die Märkte wie in den Vereinigten Staaten und in England deregulieren müsste. Margaret Thatcher hatte seine Wertschätzung. Einmal gab er mir das Gefühl, ich sei ein Idiot, nur weil ich gewagt hatte, ihm in einigen Punkten zu widersprechen und für die britischen Bergleute Partei zu ergreifen. Anschließend hat er sich mehrmals entschuldigt. Ich zuckte nur mit den Schultern. Das alles war nicht weiter schlimm. Er war nicht mein Vater. Und die Ansichten meines Vaters waren im Übrigen nicht sehr weit von seinen entfernt.

Ich glaubte in seinen Augen so etwas wie Enttäuschung und auch Resignation zu sehen. Ich war nicht sportlich genug, ich hatte keine Lust, morgens über Waldwege zu rennen, ich hatte mich kategorisch geweigert, mit einem Fischerboot aufs Meer hinauszufahren: »Im Leben nicht!« Ich interessierte mich weder für die Entwicklung der Finanzmärkte noch für die Fluktuation unserer Währung, und ich mochte diesen Präsidenten der Linken, den ich leider nicht hatte wählen können, weil ich bei den letzten Wahlen noch zu jung gewesen war. Das hat Patrick Lestaing nicht gefallen, und das ließ er sich auch anmerken. Ich erinnere mich, dass ich mir einmal sogar dachte, ob das »Idiot«, das sein Sohn vor dem tödlichen Sprung ausgerufen hatte, vielleicht sogar seinem Vater gegolten hatte.

Doch alles in allem kamen wir ganz gut miteinander klar. Wir bildeten ein schräges Duo, einen fragilen Akkord in Moll, einen originellen und überraschenden Ton. Wortlos kochten wir zusammen und wussten, was jeder vom anderen erwartete. Wir gingen durch die leeren Straßen, was uns beiden gut gefiel – das Rauschen des Meeres in der Ferne, die verbarrikadierten Ferienhäuser, die Kiefernnadeln auf dem Boden, das völlige Fehlen von Menschen. Wir hätten die beiden einzigen Überlebenden eines Atomkriegs sein können, denen klar war, dass die Menschheit mit ihnen aussterben würde. Patrick Lestaing hatte eine akustische Gitarre. Darauf spielte er am späten Nachmittag; erstaunliche Melodien stiegen zwischen seinen Fingern hervor, Songs, die so wenig dem ähnelten, was er von sich zeigte – *Neil Young, America*. Wir sprachen auch oft von Ländern, die er bereist hatte und die ich eines Tages auch erkunden wollte. Eines Tages spielten wir sogar mit dem Gedanken, gemeinsam zu verreisen, mit Rucksack und Trolley. Egal wohin. Dorthin, wo die Geschichte weniger belastend wäre. Wo die Toten nicht die Nächte bevölkern würden. Wo die Gespenster mit den Menschen in Frieden leben würden.

Die Woche ging vorbei. Wie eine Art Blitz in Zeitlupe – ich konnte spüren, wie sich die Zeit auflöste und die Tage ineinander verschmolzen. Am Freitag wurde unser Schweigen zum ersten Mal länger und bedrückender. Am Nachmittag gab ich vor, arbeiten zu müssen, da ich meine Bücher die ganze Woche über kaum angefasst hatte – nur um mich in mein Zimmer zurückziehen zu können. Ich hörte, dass Patrick in sein Auto stieg und wegfuhr. Wahrscheinlich würde er zwei oder drei Stunden in den Kiefernwäldern spazieren gehen. Ich musste nicht lange überlegen. Blitzschnell packte ich meine Sachen zusammen, stopfte sie in meinen Rucksack und kritzelte auf die Schnelle ein paar Worte auf einen Zettel, irgendwas von unverhofften Wiedersehen und schroffen Abschieden; ich schrieb, dass wir uns auf alle Fälle sicher noch oft sehen und bald wieder telefonieren würden. Dann machte ich mich auf den Weg. Einen Moment lang hatte ich Angst, ihm in die Arme zu laufen – die Verblüffung in seinen Augen zu sehen und auch diese vertraut gewordene Enttäuschung, doch gleich das erste Auto hielt an, als ich den Daumen hob, obwohl ich erst seit zehn Minuten dagestanden hatte. Ein Student Anfang zwanzig, der nach Bordeaux zurückfuhr. Die Fahrt mit ihm kam mir sehr kurz vor. Als er mich am Bahnhof aussteigen ließ und zum Abschied grüßend die Hand hob, sagte ich mir, dass der Umgang mit Leuten meiner Generation bestimmt immer einfacher sein würde. Wir hatten zumindest zum Teil gemeinsame Erfahrungen. Wir hatten zumindest noch keine Kinder.

»Du nimmst in meinem Leben einfach zu viel Platz ein.«

Das sagte er mit einem etwas traurigen Lächeln. Er senkte den Blick. Und er fügte hinzu, er erwarte nicht, dass ich ihn verstehe. Ich legte ihm eine Hand in den Nacken. Ich verstand ihn nur zu gut. Auf diese Weise hat Paul mich aus seinem Leben hinauskomplimentiert. Mit aller Sanftheit, zu der er fähig war. Er hatte in der ersten Ferienwoche darauf gewartet, dass ich mich melde. Er wusste nicht, wo ich war. Meine Eltern haben ihm am Telefon gesagt, ich sei mit Freunden im Südwesten. Ich hatte ihm nichts davon erzählt. Er fühlte sich hintergangen. Ich hätte leugnen, erklären, mich rechtfertigen können. Habe ich aber nicht getan. Dafür hätte ich Wochen zurückgehen müssen, ihm von meinen abendlichen Gesprächen in Bars mit Patrick Lestaing erzählen müssen, von dieser lächerlichen Lust, den Platz des fehlenden Puzzlestücks einzunehmen, von diesem Gefühl eitler Nützlichkeit – aber kein Wort der Welt hätte diese merkwürdige Anhänglichkeit jemals erklären können. Deshalb zuckte ich nur mit den Schultern und sagte leise, er tue mir leid, wirklich sehr leid. Aber das war Paul gegenüber natürlich gar nicht nötig. Er machte mir keine Vorwürfe. Er machte sich selbst Vorwürfe. Weil er es nicht geschafft hatte, mich an der Peripherie seines Lebens zu halten. Weil er mir einen immer größeren Einfluss auf sein Leben eingeräumt hatte. Weil er mir erlaubt hatte, bei ihm zu übernachten, im Zimmer seines Bruders. Weil er so dumm gewesen war, sich in mich zu verlieben, obwohl die Sache von vornherein aussichtlos war. Er wiederholte, ich hätte mir nichts vorzuwerfen, das Problem sei er, sei immer er selbst, er hatte sich inzwischen geschworen, sich nur noch in Jungs zu verlieben, mit denen eine richtige Beziehung möglich war, das würde sein Leben revolutionieren. Im Übrigen hätte er in ein paar Stunden ein Rendezvous. Mit jemandem, den ich nicht kannte. Lachend sagte ich, er müsse mir keine Details erzählen, das alles sei absolut verständlich.

»Aber du kannst heute Nacht noch einmal hier schlafen, wenn du möchtest.«

»Nein, das ist nett von dir, Paul. Du bist überhaupt sehr nett. Das hat mich wahrscheinlich am meisten überrascht an dir, als ich dich näher kennenlernte: deine Liebenswürdigkeit. Aber mach dir keine Sorgen, ich werde in Nanterre schlafen.«

»Ich nehme es mir übel.«

»Was denn?«

»Das ändert jedoch nichts an allem anderen. Das … nun ja, unsere Freundschaft, unsere Gespräche, die Bücher … Alles bleibt, wie es war.«

»Klar.«

Manchmal hat man Lust, »klar« zu sagen, einfach so, um sich zu beruhigen. Wir wussten beide, dass wir uns nach und nach voneinander lösen würden, dass in einigen Monaten nur noch flüchtige Erinnerungen übrig wären, Satzfetzen von Gesprächen, gestohlene Porträts, die niemand fotografiert hatte.

Immer noch mit dem Rucksack auf dem Rücken stand ich vor dem Gebäude, in dem Paul wohnte, und holte tief Luft.

Ich roch Paris, den Winter. Mir war nicht danach, wieder in die S-Bahn zu steigen und ins leere Studentenwohnheim zu fahren – die anderen waren sicher alle noch in den Ferien. Es war Montagnachmittag. Ich stieg in den Zug und fuhr in die Provinz. Meine Eltern freuten sich, mich zu sehen.

Und in ihrer Wohnung erhielt ich am nächsten Tag einen Anruf von Anne Lestaing.

Die Ferien waren fast vorbei. Der Februar hatte sich auf Zehenspitzen davongeschlichen und einem März Platz gemacht, in dem die Sonne wieder an Kraft gewann. Mitten am Vormittag stieg ich am Bahnhof von Blois aus. Ich ging durch die Straßen und an der Loire entlang. Ich sagte mir, dass Mathieu hier gelebt hatte, in dieser Umgebung, und versuchte, ihn mir hier vorzustellen, doch es ist mir nicht gelungen. Er war schon weit weg, Mathieu, unmerklich entschwunden. Vier, fünf Monate sind in gewissen Lebensphasen wie das andere Ende der Welt. In diesen Jahren verändert sich alles rasend schnell.

Um zwölf Uhr traf ich mich mit Anne Lestaing. Sie hatte den Nachmittag freigenommen. Sie arbeitete als Sprechstundenhilfe. Sie vergab Termine, fragte nach den Symptomen und verwaltete die Karteikarten der drei Ärzte, für die sie arbeitete. Seit Mathieus Tod waren ihre Arbeitgeber von einer Fürsorglichkeit, die ihr gar nicht gefiel. Ihr einziger Wunsch war, hin und wieder einen Spaziergang in der Natur machen zu können. Eine gestohlene Stunde, nur für sich allein. Wie an diesem Nachmittag. Sie ging sehr gern im Wald von Chambord spazieren. Hier, inmitten der Bäume und mit dem Schloss in der Ferne, konnte sie neue Kraft schöpfen. Sie verglich ihr persönliches Drama mit den großen Tragödien der Weltgeschichte, und das tat ihr gut. Ihr wurde bewusst, dass wir überall und ständig über Knochen und zermalmte Schicksale gingen, manchmal von Kindern, die noch sehr viel jünger gewesen waren als Mathieu;

noch vor wenigen Jahrhunderten wäre Mathieu mit seinen achtzehn Jahren quasi in reifem Alter gestorben.

Das alles hat sie mir später erzählt.

Als wir uns um zwölf Uhr trafen, stand sie einen Moment lang regungslos da und musterte mich von Kopf bis Fuß, mit leicht hochgezogenen Augenbrauen.

»Ich hatte Sie mir anders vorgestellt.«

»Und wie?«

»Nicht so normal … Ich meine … Verstehen Sie, was ich sagen will? Irgendwie verstörter … weniger vor Gesundheit strotzend.«

»Beruhigt Sie das?«

»Nicht wirklich, junger Mann. Kommen Sie, gehen wir etwas essen!«

Wir gingen in eine Pizzeria in der Innenstadt. Sie war sehr voll, doch der Wirt eilte sofort zu uns und wies uns ein ruhiges Plätzchen zu, ganz hinten im Nebenraum. Anne Lestaing lächelte kurz und erklärte mir, das sei eines der Privilegien einer Mutter, die vor kurzem ihr Kind verloren hat. Die Leute behandelten sie mit großer Rücksicht. Sie war in dieser Provinzstadt eine Berühmtheit geworden – als Frau, der das Schicksal übel mitgespielt hat. Indem man sie mit Samthandschuhen anfasste, hoffte man, sich die Gunst der Götter zu sichern.

»Und Sie? Hat Ihnen Mathieus Selbstmord auch Vorteile gebracht?«

Es war das erste Mal, wie ich glaube, dass jemand so offen darüber sprach; das erste Mal, dass das Wort »Selbstmord« fiel und man ihn nicht unter Metaphern begrub, als »Sprung«, »unüberlegte Tat« oder als »Ausweg« bezeichnete. Es war auch das erste Mal, dass mir diese Frage so direkt gestellt wurde. Ich sah auf den Boden und schluckte. Mit meiner Selbstsicherheit war es vorbei. Als ich ihre Frage beantwortete, klang meine Stimme so dünn wie ein Faden.

»Ja, in gewisser Weise. Ich … ähm, nicht vorsätzlich. Es hat sich so ergeben …«

»Gut, das ist gut. Es gefällt mir, dass Sie nicht lügen. Es wäre so leicht. Ich werde so oft belogen. Wenn die Leute jetzt mit mir reden, muss ich Dutzende Schichten Heuchelei abkratzen, um auf ein Fünkchen Ehrlichkeit zu stoßen. Noch eine Frage. Hatten Sie ein Verhältnis mit meinem Sohn?«

»Nein.«

»Ihr wart nur befreundet?«

»Nicht wirklich, nein. Noch nicht … Ich … Wissen Sie, Mathieu war ja erst seit anderthalb Monaten in Paris. Wir hatten gar nicht die Zeit, uns richtig kennenzulernen.«

»Und ihr wart nicht mal in derselben Klasse, richtig?«

»Nein, wir haben uns immer nur in den Pausen gesehen. Und zusammen geraucht. Wir haben nicht viel geredet. Aber ich war vermutlich der Mensch, mit dem er den ganzen Tag über am meisten geredet hat.«

»Ah, verstehe. Aber wie kommt es dann, dass diese noch zarten freundschaftlichen Bande dazu führten, dass Sie eine Woche Urlaub machten in Les Landes, bei Mathieus Vater?«

Ich biss die Zähne zusammen. Ich schaute an die Decke,

weil ich von Emotionen überwältigt wurde und keinesfalls die Fassung verlieren wollte. Ich sagte die nackte Wahrheit – dass ich es selbst nicht wisse.

Da kam der Kellner. Er nahm unsere Bestellung auf – meine, auf ihre abgestimmt –, und danach lehnte sie sich wieder zurück, um mich erneut zu mustern. Sie zündete sich eine Zigarette an – eine John Player Special –, und das versetzte mir einen Stich. Dann wandte sie leicht den Kopf ab, um den Rauch auszuatmen, ehe sich ihr Blick wieder in meinen bohrte.

»Sie verstehen schon, dass das irgendwie krank ist, hoffe ich.«

Ich zuckte mit den Schultern. Und sagte ihr, dass ich es nicht so sah. Sie erwiderte, es gebe nicht viele andere Möglichkeiten, es zu sehen. Ein Familienvater, dessen Sohn sich umgebracht hat, trifft sich regelmäßig mit einem entfernten Freund seines Sohnes. Das ist dubios, wenn nicht gar sexuell motiviert. Und sie wusste sehr genau, dass es das nicht war. So weit kannte sie ihren früheren Mann immerhin.

»Was suchen Sie, Victor? Ich darf Sie doch Victor nennen, oder?«

»Ich suche nichts, Madame.«

»Wenn ich Sie Victor nenne, dann seien Sie doch bitte so nett und nennen mich Anne.«

»Ich … Es ist schwer zu erklären … Ich habe das Gefühl, dass wir einander helfen können.«

»Eine nette Idee, aber illusorisch. Und vollkommen idiotisch. Da kommen Sie und wollen Mathieu ersetzen. Nein, das kann ich nicht akzeptieren.«

»Ich wollte nie …«

»Aber das muss Ihnen doch klar sein, verdammt nochmal!«

Sie war laut geworden, mitten im Restaurant. Ihre Augen funkelten vor Zorn, aber da war noch mehr. In ihren Augenwinkeln schimmerten auch all die Tränen, die sie seit dem Beginn unseres Gesprächs unterdrückt hatte. Ich wurde rot. Der Ausdruck »jedes Schamgefühl verloren haben« kam mir in den Sinn. Und das hatte ich wirklich. Ich schluckte trocken und verzog das Gesicht.

»Tut mir leid.«

»Mir auch.«

Ihre Empörung hatte sich gelegt. Zurück blieb nur eine große Traurigkeit – und der Eindruck eines heillosen Schlamassels. Sie ergriff wieder das Wort. Ihre Stimme schwankte hin und wieder noch leicht, doch insgesamt klang sie gefasster, fast nüchtern. Sie erzählte mir, wie es am Anfang gewesen war, die Schockstarre, die vielen Male am Tage, wenn sie mit Mathieu redete, ohne sich bewusst zu sein, dass er nicht mehr da war. Sie sprach auch von Patrick Lestaing. Sie sagte, sie wolle mich nicht in die Bredouille bringen. Sondern mir nur ein paar nützliche Informationen geben. Die Wörter, die sie verwendete, waren kühl, fast rechtssprachlich.

»Was hat er Ihnen von mir erzählt?«

»Nicht viel, ehrlich gesagt. Dass Sie glauben, Ihre Trennung sei die Ursache für Mathieus Depression gewesen, und wenn Sie sich nicht hätten scheiden lassen, wäre Mathieu nicht gesprungen.«

»Falsch. Ich meine, so aus dem Kontext gerissen, ist es stark vereinfachend.«

»Ich … ich kann mich nicht genau an alles erinnern.«

»Das macht nichts. Aber Sie müssen wissen, dass Patrick die Realität gern verzerrt. Gut, das machen wir alle, seien wir ehrlich, aber bei ihm ist es bisweilen sehr ausgeprägt. Wissen Sie, wir sind faktisch seit Jahren getrennt. Seiner Karriere wegen hatte er sich nach Paris versetzen lassen und wurde zum Pendler. Er fuhr frühmorgens weg und kam abends sehr spät zurück. Mathieu hat ihn unter der Woche kaum gesehen. Und am Wochenende war es nicht besser, denn jeder hatte das eine oder andere zu tun. In gewisser Hinsicht ist Mathieu ohne Vater groß geworden. Das hat er ihm letztes Jahr übrigens vorgeworfen. Sie haben sich sehr harte Worte an den Kopf geworfen, es war ein Streit, wie sie ihn nie zuvor gehabt hatten. Mathieu hatte erfahren, ich weiß nicht, wie, dass mein Exmann eine Beziehung hatte, und dass er hauptsächlich deshalb nach Blois zurückversetzt werden wollte – um seine Geliebte häufiger zu sehen, nicht wegen seiner Familie. Ich persönlich denke, dass beide Gründe eine Rolle spielten, doch Mathieu sah es anders. Mit siebzehn, achtzehn sieht man die Dinge oft radikaler, es gibt nur Schwarz oder Weiß. Ich war komischerweise nicht so kritisch seinem Vater gegenüber. Ich liebe Patrick schon lange nicht mehr. Wir kennen uns seit dem Gymnasium, und unser gemeinsamer Weg war längst zu Ende, wir wussten beide ganz genau, dass wir nur der Kinder wegen noch zusammenblieben, weil es einfacher und auch kostengünstiger war. Das war nicht besonders rühmlich, ich weiß.«

Unser Essen kam. Sie hat ihre Zigarette ausgedrückt, sich kurz überlegt, ob sie die nächste anzünden sollte, dann aber darauf verzichtet. Sie sah mich immer wieder an. Ich bemühte mich, die Fassung zu bewahren.

»Sie sind in einer seltsamen Situation, nicht wahr, Victor? Sie müssen sich anhören, wie Ihnen ein Ehemann *und* seine Frau ihr Herz ausschütten … Wie kommt das? Sind Sie Waise?«

»Nein.«

»Haben Sie den Kontakt zu Ihren Eltern abgebrochen?«

»Der ist von allein eingeschlafen, und das schon vor einiger Zeit. Wir gehen unterschiedliche Wege.«

»Und deshalb brauchten Sie … ja, was eigentlich? Was kann man bei einem Vater finden, der kürzlich seinen Sohn verloren hat?«

»Ich weiß nicht … einen Platz?«

In einer hilflosen Geste schüttelte ich den Kopf.

Auf einmal begannen meine Augen zu brennen, und ich wandte mich ab, um das Unvermeidliche zu vermeiden, doch es war schon zu spät, die Tränen begannen zu fließen, stumme, aber volle Bächlein. Ich konnte es nicht fassen, so viele Tränen, seit wann waren sie da gewesen? So lange schon hatte ich nicht mehr geweint, und jetzt begannen sie dummerweise zu fließen, in diesem Restaurant, in dieser Stadt, die ich gar nicht kannte, vor dieser Frau, von der ich gar nichts wusste, zu einem völlig unpassenden Zeitpunkt.

Die Hand von Anne Lestaing auf meinem Arm, dann an meiner Wange. Die Welt war auf den Kopf gestellt. Normalerweise hätte ich *sie* trösten müssen.

»Es ist schwierig für alle, hm?«

»Wie dumm von mir. Ich … ich habe noch nie eine Tragödie erlebt, ich war nie wie Sie mit einem gewaltsamen Tod konfrontiert, mit … ich meine, ich sollte nicht …«

»Hat Ihnen das gefehlt, eine Geschichte zum Erzählen, Worte, um damit Ihre Einsamkeit zu überdecken?«

»Kann sein. Es ist so kompliziert. Eines Abends, eine Woche nach Mathieus Tod, bin ich ins 747 gegangen, das Café neben dem Lycée, und dort saß Ihr Exmann, und es war, als hätte er mich erwartet.«

»Ja, ich weiß. Anfangs hatte er sich in den Kopf gesetzt, sämtliche letzten Spuren von Mathieu zu verfolgen. Um seinen Weg bis zum Selbstmord nachzuvollziehen. Die Menschen zu treffen, die Mathieu zuletzt gesehen hatte. Ich fand es krankhaft. Aber ich konnte keinem etwas vorschreiben, ich war ebenfalls völlig orientierungslos – und bin es immer noch, ich habe kein Ziel mehr. Aber ich glaube, dass es Patrick geholfen hat, einfach durch die Straßen zu gehen oder mit Ihnen zu reden. Anfangs. Er hat mir am Telefon davon erzählt, denn natürlich haben wir danach wieder häufiger miteinander telefoniert. Ich habe mich gefragt, was Mathieu wohl dazu gesagt hätte, dass wir uns wieder angenähert hatten. Ich war nicht davon überzeugt, dass er sich darüber gefreut hätte. Wissen Sie, in den letzten Jahren, nachdem Mathieus Schwester zu Hause ausgezogen und sein Vater die ganze Woche über in Paris war, haben wir fast wie eine Art Paar gelebt, Mathieu und ich. Wir haben es uns gemütlich gemacht. Und wenn wir uns am Abend sahen, haben wir zusammen einen Aperitif getrunken, er einen Orangensaft, ich einen Martini Bianco. Und jeder hat von seinem Tag erzählt. Wir haben Meinungen ausgetauscht, zusammen gekocht und dabei irgendwelche Schlager vor uns hin gesummt. Wirklich. Das ist es, was mir am meisten fehlt. Diese Vertrautheit. Aber mit der war es ohnehin schon vorbei. Er war nach Paris gezogen. Ich lebte allein oder fast allein. Paris. Das war auch eine Idee von Patrick gewesen. Er sagte, in Blois gebe es keine Herausforderungen, er sagte es gern auf Englisch: *challenge*. Es gebe keine *challenge*. Er sagte, wenn man keine Gegner habe, mit denen man sich messen kann, sei es ein ruhmloser Sieg, man müsse sich einem gesunden Wettbewerb stellen, seine Ziele hoch stecken, die Hauptstadt, die Vorbereitungsklassen, sein Sohn müsse zu einem Adler werden, mit den Raubvögeln fliegen … all diesen Schwachsinn, Sie wissen sicher, wovon ich rede, Ihre Eltern haben Ihnen vermutlich dasselbe erzählt …«

»Meine Eltern wissen kaum, was eine Vorbereitungsklasse ist.«

Sie saß einen Moment lang ganz ruhig da, weil sie offenbar ihr Bild von mir revidieren musste, dann sagte sie leise, das sei vielleicht ganz gut so, denn wie es schien, hätten sie ihre Sache besser gemacht als sie, denn ich sei immerhin noch am Leben. Ich nutzte die Gelegenheit, um das Thema zu wechseln. Ich hatte keine Lust mehr, als Zeuge herzuhalten, quasi vor einem Gericht zu stehen. Ich hatte ebenfalls ein paar Fragen auf dem Herzen. Wollte Dinge erfahren.

»Haben Sie jemals damit gerechnet, dass Mathieu …«

»Springen würde? Denken Sie doch mal nach! Wenn man weiß, dass jemand an so etwas denkt, würde man doch versuchen, ihn daran zu hindern. Vor allem wenn es das eigene Kind ist!«

»Ich wollte fragen, ob Sie gemerkt hatten, dass es ihm nicht gutging.«

Sie zündete sich eine neue Zigarette an. Ihre Schultern zuckten leicht, als wenn ihr in diesem überhitzten Restaurant kalt wäre.

»Ja. Nein. Mathieu neigte zu Stimmungsschwankungen. Es war, als sei er ständig auf Berg-und-Tal-Fahrt. Im vorigen Winter waren wir deshalb beim Arzt. Der hat Adoleszenz als Krankheit diagnostiziert. Lächelnd schüttelte er mir die Hand und sagte, es würde sich irgendwann legen. Ich fand, er hatte es sich etwas zu einfach gemacht, denn schließlich hatte ich bereits bei Sabine, meiner Ältesten, miterlebt, was Adoleszenz bedeutet, und bei ihr war es ganz anders gewesen, aber gut, sie war ein Mädchen, das macht vielleicht einen Unterschied. Ich habe mir eingeredet, der Arzt würde es schon wissen und ich müsse Geduld haben. Wissen Sie was, Victor? Ich bin erstaunt, dass ich so offen zu Ihnen bin. Sie scheinen die Gabe zu haben, dass man sich Ihnen anvertraut. Ich beginne zu begreifen, was Patrick an Ihnen fand. Aber egal. Normal ist es nicht. Ihre Woche in Biscarrosse, die finde ich nun wirklich nicht normal.«

»Ich … ich hatte auch etwas davon, es war nicht ganz selbstlos. Ich ertrage Paris kaum noch. Das Studium. Ich habe mich irgendwie zerfranst.«

»Victor, ich habe Sie hierhergebeten, weil ich mir Sorgen um Sie mache. Nicht wegen Patrick. Patrick, der hat nur noch einen halben Grund zu leben. Er hinkt innerlich, und das wird er noch lange tun. Wie ich. Aber Sie, Victor, Sie haben in dieser ganzen Tragödie eigentlich nichts zu suchen. Sie können niemanden vor dem Untergang retten. Sie würden nur mit uns zusammen untergehen. Und das darf nicht sein. Sie haben Eltern, auch wenn ihr euch nicht sehr nahesteht, Freunde, mit denen Sie sich treffen können, die eine oder andere Liebesbeziehung, die Sie erwartet, eine Zukunft. Lassen Sie Patrick und mich weiter abdriften, jeder für sich, und suchen Sie das Weite! Jetzt höre ich auf. Ich höre mich richtig schulmeisterlich an.«

Sie hatte sich den ganzen Nachmittag freigenommen. Nach dem Mittagessen wollte sie einen kleinen Ausflug nach Chambord machen. Das machte sie dreimal pro Woche. Eine Sucht, sagte sie. Wenn sie dort unterwegs war, in dem ausgedehnten früheren Jagdgebiet rund um das Schloss, vergaß sie nach einer Weile alles: Mathieu, Patrick, ihr Leben, manchmal sogar ihren Namen; und das Vergessen war für sie das größte Geschenk. Wenn sie für ein paar Minuten aufhörte, Anne Cligny zu sein, Exfrau von Patrick Lestaing, die Mutter eines Jungen, der am Fuß einer Treppe zerschellt war, nachdem er seinen Französischlehrer als »Idiot« beschimpft hatte – dann war ihr Tag gerettet. Sie erwartete vom Leben nicht mehr, als jeden Tag ein bisschen besser atmen und sich etwas länger vergessen zu können. Sie wäre zu gern schon alt gewesen, im Kopf nicht mehr ganz klar, sodass sie die Tage und Jahreszeiten verwechselt und niemanden mehr erkannt hätte.

Als wir losmarschierten, war es schon später Nachmittag. Man hörte es im Unterholz rascheln, in den Bäumen säuseln. Sie ging mit großen, sicheren Schritten. Allmählich kannte sie alle Wege hier. Sie fragte mich, wie es im Lycée lief. Ihr gegenüber habe ich nichts verschwiegen. Weder die Tatsache, dass ich vermutlich durchfallen würde, was ich mir fast wünschte, noch dass sich bei uns absolut gar nichts verändert hatte, diese Starrheit für unsere Kurse charakteristisch zu sein schien. Nach dem, was ich von den Leuten der ersten Vorbereitungsklasse hörte, hatte sich der »Idiot« Clauzet kein bisschen verändert. Das fanden alle empörend, doch auch für sie vergingen die Wochen, sie waren mit Arbeiten eingedeckt, ihr Schicksal zeichnete sich ab, und sie hatten weder die Zeit, auf Abstand zu gehen, noch sich zu mobilisieren. Sofern sie es überhaupt gewollt hätten.

»Er kommt von Zeit zu Zeit, wissen Sie.«

»Wer?«

»Clauzet.«

»Wie bitte?!«

»Er hat uns einen langen Brief geschrieben, in der Woche nach Mathieus Tod. Wir, Patrick und ich, dachten, er würde sich vor allem rechtfertigen und jede Verantwortung von sich weisen, falls wir uns mit der hirnrissigen Absicht trügen, ihn wegen Psychoterrors anzuzeigen, oder Ähnliches. Aber nein, wir hatten uns getäuscht. Er kroch richtig zu Kreuze. Ich habe ihm geantwortet, eine kurze Karte. Er hat insistiert. Ein zweiter Brief. Ein dritter. Und dann ein Anruf und noch einer. In den Weihnachtsferien ist er nach Blois gekommen. Er wollte an Mathieus Grab. Wir sind zu dritt hingegangen. Er hat viel geweint. Ich dagegen hatte längst keine Tränen mehr.«

Ich blieb stehen, völlig verblüfft. Sie redete, fast lächelnd, weiter.

»Ich wusste, dass es Sie überraschen würde, aber wissen Sie, Victor, die Welt bewegt sich unmerklich, die Erde dreht sich, ohne dass ihre Bewohner es merken; und dasselbe gilt manchmal auch für die Menschen.«

»Glauben Sie, dass Clauzet auch seine Drehung gemacht hat?«

»Ich weiß nur, dass er seine Versetzung beantragt hat. Er will an die Universität, in Paris oder in der Provinz, egal wo, er will sich diesem Wettbewerbsklima entziehen, aus dem Spiel aussteigen, wie er sich ausdrückte.«

»Komisches Spiel.«

»Nicht wahr?«

»Ich bin baff.«

»Aber, Victor, Sie haben doch auch niemandem gesagt, dass Sie sich mit meinem Mann getroffen haben, abends, in den Kneipen von Paris, oder? Wissen Ihre Eltern davon?«

»Nein. Ich …«

»Tja, wie Sie sehen, sind Sie und Clauzet sich gar nicht so unähnlich, wie Sie denken. Wir haben ein- oder zweimal auch von Ihnen gesprochen. Er findet Sie sonderbar. Weniger harmlos, als Sie sich gern geben. Entschlossen und zartbesaitet, eine komische Mischung.«

»Ich hätte gewettet, dass er mich für einen uninteressanten ›Tagelöhner‹ hält.«

»Fehlanzeige. Er würde zum Beispiel gern wissen, was Sie nächstes Jahr vorhaben.«

»Mich ebenfalls entziehen.«

»Pardon?«

»Alles hinter mir lassen, Paris, den Winter, dieses unentschlossene Lavieren, die Ungewissheiten. Ich möchte einen klar gezeichneten Weg beschreiten. Wissen, wohin ich gehe.«

»Das wird sich von selbst einstellen, Victor. Sofern Sie nicht über ein Geländer springen.«

»Dafür fehlt mir das Talent, Madame. Ich pflege Treppen zu Fuß hinauf- und hinunterzusteigen. Ich folge den Hinweisschildern.«

»Ich weiß nicht, warum, aber ich glaube Ihnen nur halb. Clauzet denkt, dass Sie nicht das Zeug zu einem Universitätsdozenten oder Spezialisten haben, dass Sie es mit dem Romaneschreiben versuchen sollten. Er sagte sogar, das Romanhafte sickere aus all Ihren schriftlichen Arbeiten. Das analytische Denken komme bei Ihnen bisweilen zu kurz, weil Sie sich zu stark mit Ihren Figuren identifizieren und dem, was diese empfinden. Oh, aber jetzt ist es recht dunkel geworden. Wir sollten umkehren, nicht wahr? Ich freue mich, dass wir uns gesehen haben, Victor, auch wenn ich annehme, dass es zugleich das letzte Mal war. Sie werden mir gehorchen, nicht wahr? Sie werden sich aus dem Wespennest herauskämpfen, in das Sie sich verirrt haben und in dem Sie nichts zu suchen haben.«

»Ich lasse es mir durch den Kopf gehen.«

»Nein, das ist nicht die richtige Antwort, Victor. Also formuliere ich es anders. Versprechen Sie mir, dass Sie aus unserem Leben verschwinden. Wir brauchen keine weitere Person, die mit uns trauert.«

»Einverstanden.«

»Ich möchte, dass Sie es mir versprechen.«

Ich atmete die Abendluft im Wald von Chambord ein. In der Luft lag ein Hauch von Frühling, der bereits unter den letzten Schichten des Winters schlummerte. Ich versprach es ihr.

Leicht.

Während meiner letzten Wochen in Paris bin ich leicht geworden. Was meine Beziehungen betraf, die Aufmerksamkeit, die ich für andere hatte, mein Arbeitspensum. Man hat mich als »inkonsequent« bezeichnet. Dieser Ausdruck passte. Ich war ohne Konsequenz, ohne Bedeutung.

Die Ausgehabende wurden seltener, je näher die Prüfungen kamen. Ich konzentrierte mich auf die zwei Fächer, in denen ich eine Äquivalenzbescheinigung für einen universitären Abschluss bekommen wollte: Moderne französische Literatur und Englisch. Französische Literatur deshalb, weil ich mir insgeheim schon immer gewünscht hatte, zu dieser Welt zu gehören, auch wenn ich kaum noch daran glaubte. Englisch deshalb, weil diese Fremdsprache mich befreite und mir half, Fesseln zu sprengen. In dieser Sprache fühlte ich mich zunehmend wohler im Umgang mit Wörtern und Sätzen, die so gar nichts mit meinem alltäglichen Leben zu tun hatten. Ich träumte fürs Erste von einem Leben in den Vereinigten Staaten, in diesem Land, in dem die Farben so kräftig sind, dass sie die europäischen Erinnerungen automatisch ausradieren.

Ich hatte neue Freunde gefunden – Studenten, die ebenso leicht und unbeschwert waren wie ich, Freunde oder entfernte Bekannte von Paul oder Armelle. Wir sind uns auf einer Fete im siebten Arrondissement zufällig wieder über den Weg gelaufen. Und sind prompt rückfällig geworden. Wir haben für einige Stunden den Weg unserer jeweiligen

Körper wiedergefunden. Am nächsten Morgen haben wir uns fast wie gute Freunde getrennt. Armelle wollte das zweite Vorbereitungsjahr nicht machen – sie hatte beschlossen, lieber für ein paar Monate ins Ausland zu gehen, England, Deutschland, so genau wusste sie das noch nicht. Und wenn sie wiederkäme, wäre ich auf alle Fälle von der Pariser Landkarte verschwunden.

Paul war mir gegenüber auf Abstand gegangen – er büffelte wie verrückt und ging kaum noch aus. Ich dagegen ließ mich nur noch selten im Unterricht blicken. Manchmal liefen wir uns über den Weg. In seinen Augen lagen Vorwürfe, Bedauern und auch eine Spur Verachtung. In meinen lag nichts mehr – ich räumte gründlich auf. Und wartete voller Ungeduld auf die nächste Etappe meines Lebens.

Ich habe es bis zum Schluss durchgezogen. Mit Hunderten anderen Schülern aus den Vorbereitungsklassen saß ich in einem Prüfungssaal auf dem Campus von Cachan, einer der Grandes Écoles, im Süden von Paris. Ich habe tatsächlich an allen Prüfungen teilgenommen. Ich versuchte, die jeweiligen Themen zu bearbeiten, doch in den meisten Fällen entglitten sie mir. Bei der letzten Klausur, Französisch, sollten wir die Beziehung zwischen dem Leben und dem Werk eines Schriftstellers erörtern. Ich dachte an Clauzet. Er hatte recht – ich lag manchmal mit der Textanalyse daneben, weil ich zu sehr an den Personen klebte. Ich saß ein paar Minuten da und betrachtete die Welt auf der anderen Seite der Fensterscheibe – den asphaltierten Hof, die wenigen Bäume. Ich schmunzelte. Denn ich hatte gerade beschlossen, mir ein letztes Feuerwerk zu genehmigen.

Ich ließ das Leben und das Werk von XY beiseite. Ich begann zu schreiben. Ich erzählte von Mathieu Lestaing, dem, was er hätte leisten können, wie der Pariser Winter hätte verlaufen können, wenn ich an jenem Morgen nicht verschlafen hätte; wenn ich ihn unten an der Treppe getroffen und ihn wie geplant zu meinem Geburtstag eingeladen hätte. Ich beschrieb auch, was dann nicht passiert wäre, welche Menschen ich dann nie getroffen und welche Beziehungen ich nie geknüpft und welchen Weg ich nicht eingeschlagen hätte. An den Korrektor dachte ich keine Sekunde. Das kam erst später, nachdem ich die Arbeit abgegeben hatte – ich hatte in weniger als drei Stunden über zwanzig Seiten vollgeschrieben. Einige meiner Leidensgenossen schienen sehr beeindruckt zu sein, da ich als einer der Ersten den Prüfungssaal verließ, zwei Stunden vor dem offiziellen Prüfungsende.

Ich bin direkt nach Nanterre gefahren. Meine Sachen waren bereits gepackt und warteten im Rucksack auf mich. Dann habe ich am Empfang die Schlüssel abgegeben und ein paar Papiere unterschrieben. Ich war frei.

Im Zug, der mich zu meinen Eltern brachte, dachte ich an den Korrektor. Was er wohl sagen würde, wenn er meinen Aufsatz las? Wahrscheinlich nichts. Er würde die ersten zehn, zwölf Zeilen lesen, die Augenbrauen hochziehen, drei Seiten weiterblättern und sich ärgern über diesen Aufsatz, der so gar nichts mit dem vorgegebenen Thema zu tun hatte. Die Benotung wäre kein Problem. Er würde die Seiten mit zwei dicken roten Strichen durchkreuzen, »Thema verfehlt« darunterschreiben und zwischen 0 und 0,25 von 20 möglichen Punkten schwanken, sich schließlich für die zweite Variante entscheiden, um keinen Bericht über diese Null schreiben zu müssen, die automatisch zu meinem Ausschluss führen würde. Dann würde er sich die nächste Arbeit vornehmen.

Doch einige Stunden später würde er wieder an diese Arbeit denken, vielleicht bei der Zubereitung des Abendessens. Er würde mit den Schultern zucken und mit dieser Geste versuchen, einen Anflug von Schuldgefühl abzuschütteln. Er würde laut hörbar Luft holen – es gab immer zwei oder drei dieser Spinner, die ein Geschreibsel abgaben, das sie für literarisch hielten; er hatte schon von Arbeiten in Reimform gehört, sogar von Kalligrammen. Diesmal hatte er das große Los gezogen.

Der Abend senkte sich auf Paris herab, rosa, blasslila. Ich wäre bereits weit weg. Der Korrektor würde seufzend wieder zu seinem Stapel greifen. Mechanisch würde er die Zahl der bereits korrigierten Arbeiten und die der noch ausstehenden nachzählen. Dabei würde er meine Schrift wiedererkennen. Unwillkürlich würde er den Anfang noch einmal lesen, dann weiter und weiter, als ob nichts wäre. Dabei musste dem Prüfling doch klar gewesen sein, dass er dabei war, sich jede Chance auf ein Bestehen der Prüfung zu vermasseln. Warum? Mit welcher Absicht? Schließlich würde der Korrektor die Arbeit bis zum Ende lesen, trotz des etwas nebulösen Stils, des abgehackten Rhythmus. In der Zwischenzeit hätte er sich bestimmt an die Geschichte mit dem Selbstmord damals erinnert, zu Beginn des letzten Schuljahrs, am Lycée D. Immer eine schlimme Sache für alle, aber was konnte man tun? Manche waren einfach nicht stark genug, um diesen Stress und die harte Arbeit zu ertragen, aber so war es nun mal. Daraus resultierte eine natürliche Selektion, die dazu führte, dass einige Schüler aufgaben oder aber, in eher seltenen Fällen, krank oder depressiv wurden. Und in Einzelfällen konnte es sogar zu einem Suizid kommen. Natürlich wünschte sich kein Mensch, dass es zu solchen Extremfällen kam, doch manchmal geht die Adoleszenz mit heftigen romantischen Gefühlsaufwallungen einher, die sich kaum im Zaum halten lassen. Die Verantwortung dafür lag in solchen Fällen jedoch einzig und allein bei dem, der sich das Leben nahm. Denn die Entscheidung hatte er (oder sie) selbst getroffen. Denn man hat immer eine Wahl. Aufhören oder weitermachen. Kämpfen oder aufgeben. Springen oder nicht.

Er würde den Abschnitt erneut lesen, in dem es um den Sturz geht. Er würde eine Gänsehaut bekommen. Er würde das Fenster zumachen. Er würde beschließen, den Stapel mit den Arbeiten erst mal liegenzulassen und ins Bett zu gehen. Doch er würde nicht einschlafen können.

Romane haben die Eigenschaft, den Leser dazu zu verführen, auf den Schlaf zu verzichten. Lautlos steht er wieder auf, um die Person nicht zu stören, die neben ihm schläft. Er geht ins Wohnzimmer runter, macht das Licht an, legt sich aufs Sofa und gibt sich geschlagen. Die Prosa hat den Kampf gewonnen. Jeder Widerstand wäre zwecklos.

Das würde ab jetzt mein Ziel sein. Ich wollte die Schlaflosigkeit anderer begleiten. Ich würde Romane schreiben. Sie würden vermutlich nie publiziert werden, doch das spielte keine Rolle. Hauptsache, ich würde mitgerissen werden von den Personen, die ich erschuf; Hauptsache, die

Wörter würden ein Netz über den Abgrund spinnen – dann käme ich nicht in Versuchung, über ein Geländer zu springen.

An diesem Tag schrieb ich bis spät in der Nacht, in meinem früheren Kinderzimmer, das meine Eltern inzwischen zu einem Gästezimmer umfunktioniert hatten.

Am nächsten Morgen rief ich Pierre an. Wir hatten in den letzten Wochen mehrmals telefoniert. Er bereitete meine Rückkehr vor. Er hatte eine Wohnung im Zentrum im Auge, die niemand haben wollte. Sie bestand aus einem riesigen, achtzig Quadratmeter großen Raum, leer, flankiert von zwei winzigen Zimmern. Sie lag in einem ersten Stock, über einer *Chocolaterie*. Die Konditoren fingen sehr früh an zu arbeiten, das störte ihre potenziellen Mitbewohner in ihrer Nachtruhe, und der süßliche Geruch hing einem schnell zum Hals heraus. Wir haben die Wohnung noch am selben Abend besichtigt. Und in der darauffolgenden Nacht habe ich davon geträumt.

Mein Leben fing an.

Sie haben mich nie wirklich verlassen: Mathieu, Patrick, Paul, Armelle. Selbst Anne. Während ich meinen Platz in der Welt fand, wieder in der Stadt heimisch wurde, in der ich aufgewachsen war, und sich die Wohnung, die ich mir mit Pierre teilte, allmählich in einen Ankerpunkt verwandelte, wir beide immer beliebter wurden und viele andere, Freunde und Bekannte, anzogen, war immer öfter von meinem Charisma die Rede, worüber ich herzhaft lachen musste. In der Zwischenzeit arbeitete ich als Aushilfslehrer, nahm an Auswahlprüfungen der Schulbehörde teil und wurde Beamter. Ich entdeckte die Welt, mit dem Rucksack auf dem Rücken, schlief auf Behelfsbetten, in stillgelegten Bahnhöfen, auf Flughäfen. Ich schrieb auch und verfolgte die technologischen Entwicklungen: Die mechanischen Schreibmaschinen wurden zu elektrischen, dann elektronischen Schreibmaschinen, dann kamen die Computer, die Laptops, die zunehmend leichter und leistungsfähiger wurden. Als mein Vater Mitte der neunziger Jahre an Darmkrebs starb, blieb meine Mutter weniger hilflos zurück, als ich gedacht hätte: Sie bekam schnell Kontakt mit anderen Witwen, trat einer Wandergruppe bei, machte einen Töpferkurs, fing mit Aquarellmalerei an und gründete Leseclubs. Diese Witwen luden mich eines Tages ein, bei einem ihrer literarischen Treffen eine Lesung zu machen, kurz nachdem mein vierter Roman erschienen war, der in Schottland spielte. Nach einer Rundreise durch Indonesien lernte ich meine spätere Frau kennen. Wir ließen uns nicht aus den Augen, an dem Abend, zu dem wir beide eingeladen worden waren. Sie erzählte mir, dass sie aus dem Elsass stammte, aber seit zwei Jahren in Paris lebte. Bei der Nennung der Hauptstadt, in die ich seither keinen Fuß mehr gesetzt hatte, außer wenn ich einen Zug, ein Flugzeug oder sonst etwas nehmen musste, bekam ich eine Gänsehaut. Ihretwegen ging ich wieder durch die Straßen und Boulevards. Doch in das Stadtviertel, in dem sich das Lycée D. befand, bin ich nie wieder zurückgekehrt.

Meine Töchter wurden größer. Andere Erinnerungen verblassten, doch die Gesichter, die ich in jenem Pariser Winter getroffen hatte, blieben, zart und zäh, in einem Winkel meines Gedächtnisses haften.

Bis ich eines Sommers auf der Autobahn an Bordeaux, Arcachon und dem Hinweisschild nach Biscarrosse vorbeifuhr: sechsunddreißig Kilometer.

Manchmal treten sie aus meinem Marionettentheater hervor, klar und deutlich.

Wenn ich nachts am Steuer sitze, wenn sich die Müdigkeit einstellt, wenn ich meinen Sitz gerader stelle, um keine Verspannungen zu bekommen, wenn ich anfange, auf das Lenkrad zu trommeln. Urplötzlich tauchen die Bilder auf der Windschutzscheibe auf. Oft sehe ich zuerst nur die Spitze einer brennenden Zigarette, ein Päckchen John Player Special. Doch dann stürzen sie auf mich ein. Ein- oder zweimal musste ich sogar den nächstbesten Parkplatz anfahren. Ich gab vor, ich sei erschöpft.

Ich weiß nicht, warum sie immer noch da sind.

Es gab so viele bedeutsamere Momente in meinem Leben, Begegnungen, die mich geprägt haben, Gegenden, die ich nur ungern wieder verlassen habe. Es gibt diese Frau, die die meine geworden ist und mit der ich längst untrennbar verbunden bin, unsere beiden Töchter, die für mich Quell all meiner Freuden und Sorgen sind, meine Bücher, die jedes Mal etwas mehr der menschlichen Natur freilegen, meinen Beruf, der mich die Hälfte meiner Zeit bestimmt, meine Freunde, die zu mir stehen und inzwischen jeden meiner Sätze für mich zu Ende führen könnten. Das alles gibt es, und doch lebt dieser Winter von damals in mir fort, auf einer Hafenmole, die ins Meer der Erinnerungen hineinreicht.

Doch ich begreife bis heute nicht, was das soll.

Ich weiß nur, dass ich, nachdem ich nach der Rückkehr aus den Sommerferien Patrick Lestaings Brief gelesen hatte, am Abend lange durch die Stadt gewandert bin, diese Stadt, in der ich inzwischen so häufig erkannt werde. Ich musste dringend eine Runde drehen.

Es wurde am Ende eine sehr große Runde. Eine Runde, für die ich über ein Jahr gebraucht habe. Ein Sprung ins Leere, in das entschwindende Gespinst der Erinnerungen. In letzter Zeit, je mehr sich diese Erzählung ihrem Ende nähert, bin ich morgens immer sehr früh aufgewacht. Linien zogen sich durch meinen Schlaf, Sätze tauchten in meinen Träumen auf, und es gelang mir nicht, sie zu verscheuchen. Ich wusste, dass ich noch einmal hinfahren musste.

Wenn ich in wenigen Minuten fertig bin, werde ich das Fenster öffnen und die Gerüche des nahenden Herbstes hereinwehen lassen. Bald ist mein Geburtstag. Ich werde neunundvierzig. Neunzehn plus dreißig.

Auf den Brief von Patrick Lestaing habe ich nicht geantwortet. Ich habe ein paar Mal angefangen, das Blatt dann aber jedes Mal wieder zusammengeknüllt. Es war zwecklos. Ich musste zuerst wieder zurück zum Anfang. Jetzt bin ich bereit, und ich hoffe, er ist es auch. Ich werde mich mit ihm treffen. Ohne ihn darüber zu informieren. Ich werde mit dem Zug bis nach Bordeaux fahren und dort ein Auto mieten. In Arcachon biege ich ab und nehme die Straße, die an der *Dune du Pilat* entlangführt, der größten Wanderdüne Europas. Ich werde den Duft der Kiefern in den Innenraum eindringen lassen. Dann werde ich nach Biscarrosse-Plage hineinfahren. Ich werde das Auto auf dem Parkplatz im Zentrum abstellen, unweit des Marktplatzes. Zuerst werde ich mir den Atlantik anschauen, dann langsam zurückgehen. Ich werde die Straße finden. Und das Haus.

Bevor ich läute oder an die Tür klopfe, werde ich an die Indianer Nordamerikas denken und mich ein paar Minuten in der Nähe des Hauses aufhalten.

Ich werde mich im Hintergrund halten, wie ich es immer getan habe.

Erst dann werde ich an die Tür klopfen.

Autor

Jean-Philippe Blondel, geboren 1964, lebt als Autor und Englischlehrer mit seiner Familie im französischen Troyes. Sein Roman »6 Uhr 41« wurde in Frankreich umgehend zum Überraschungsbestseller und stand auch hier auf der Spiegel-Bestsellerliste.

Jean-Philippe Blondel im Goldmann Verlag:

6 Uhr 41. Roman
This is not a love song. Roman
Die Liebeserklärung. Roman
Ein Winter in Paris. Roman

GOLDMANN
Lesen erleben